어린이책으로 배운 인생

아버지께 드립니다

어린이책으로 배운 인생

2018년 8월 10일 초판 1쇄 펴냄

글쓴이 | 최해숙
펴낸이 | 김준연
펴낸곳 | 도서출판 단비
편집 | 신수진
등록 | 2003년 3월 24일(제2012-000149호)
주소 | 경기도 고양시 일산서구 일중로 30 505동 404호
전화 | 02-322-0268
팩스 | 02-322-0271
전자우편 | rainwelcome@hanmail.net
ISBN 979-11-85099-09-5

값 14,000원

어린이책으로
배운 인생

최해숙 지음

단비
danbi

함께 흔들리며 살아가는 공명의 삶

박영숙 용인 느티나무도서관장

이제 알겠다. 옛이야기에 등장하는 조력자들의 힘이 어디서 비롯된 것인지. 공감. 절박한 순간에 나타나 주인공을 돕는 존재들은 힘센 영웅이 아니다. 가진 것 없고 억눌린 목숨들. 그런데도 주인공의 고단한 여정을 응원하는 까닭은 시련을 통해 자신을 찾아가는 간절함을 오롯이 공감하기 때문이었다.

도서관 할머니 최해숙 관장님은 다른 사람의 고통을 알아보는 눈이 밝다. 하지만 마냥 보듬고 돌보는 것은 아니다. 섣불리 위로하지도 않는다. 그저 스승이자 동무로 여긴다. 조용하지만 품격 있는 환대. 도서관은 더할 나위 없는 공명의 장소다. 언제든 건넬 수 있는 책들이 있고, 아무렇지도 않게 머물 수 있는 공간은 적절한 거리를 허락한다. 책과 어울린 아이들은 막둥이, 반쪽이, 강아지 똥처럼 제 세상을 만들어 갔고, 겹겹이 상처를 안고 살던 이들도 한 올씩 굴레를 풀고 꿈을 찾을 용기를 얻었다.

기쁘기만 한 것은 아니었다. 비행을 저지르다 발길을 끊은 아이, 우울증으로 세상을 떠난 동료의 이름은 불에 덴 것 같은 흉터로 남았다. 옛이야기의 조력자들도 해결사 역할을 하는 것만은 아니다. 길을 가리킬 뿐 선택은 주인공 몫이다. 시련을 겪으며 불안과 두려움을 걸어 내야 비로소 나아갈 힘을 얻는다.

쉰아홉에 어린이도서연구회 문을 두드리며 새로운 세상으로 길을 떠났다는 관장님은 도서관을 열고 책 읽어 주는 '보시'를 하면서 비로소 자신을 만난다. 일제강점기와 해방 전후의 혼란에 이어 전쟁까지, 이성으로는 설명이 안 되는 시절을 살아 낸 자신과 다시 마주한다. 살붙이를 잃고도 남은 가족을 돌보느라 아프게 삼켰던 시절에 귀를 기울이고, 고된 시집살이로 사위어 가던 며느리의 서러움과 분노를 다독인다. 구렁덩덩 시선부의 각시처럼, 바리데기처럼, 손바닥 발바닥에 못이 배기던 세월과 그렇게 화해한다.

이 책은 도서관 운동사의 한 장을 담당할 기록이자 책을 통한 만남과 사유가 어떻게 삶의 내러티브를 엮어 내는지 보여 주는 교과서다. 권정생 선생님을 만나 '종교적'에서 자유로워졌다는 대목에서는 숙연해지기도 했다. 목사의 아내로 살아온 이에게 '엉터리 예수쟁이였던 속사람'을 보게 되었다는 고백을 듣다니! 하긴 '늘 골져 있는 아내가 싫다'고 한 신혼시절 남편의 일기를 떠올리며 30년 결혼생활의 전기를 만든 분이니 그 치열함과 용기에 감탄할 밖에.

그리운 관장님, 스무 해가 다 되어 가네요. 손자에게 그림책을 읽어 주려고 매주 송탄에서 서울로 공부모임에 다닌다는 분이 궁금했지요. 가나안어린이도서관을 처음 찾아갔던 날을 기억합니다. 목사님이 손수 만드셨다 자랑하시던 그림책 서가를 보고 와서 이내 따라 만들었던 책꽂이가 지금도 열람실에 서 있습니다. 그렇게 선배로, 동지로 계셔 주셔서 저도 여기까지 올 수 있었어요.

　열심히 배우고 부지런히 몸 놀려 수고하면서 목숨 있는 것들과 함께 살겠다 하셨지요. 도서관이 해야 할 몫으로 새기겠습니다. 기계가 사람을 대신할수록 그런 수고가 더 절실해질 테니까요.

　북에서 온 사람들 임대아파트에 도서관 꾸밀 생각으로 또 바쁘실 관장님. 곧 가 뵐게요. 나물 무친 그릇 밥으로 닦아 주먹밥 한 접시 해 주셔요.

여는 글

저 이렇게 살았어요

1.

손자 녀석이 세상에 태어나던 날, 분만실 밖으로 아이를 안고 나온 간호사가 아이를 이 할미 품에 안겨 주었습니다.

"할머니, 건강한 사내아입니다. 자, 보세요."

아이를 받아 안고 얼굴을 들여다보는 순간, 가슴이 터질 듯 차오르는 것이 무엇이었는지 그때는 몰랐습니다.

"아가야, 우리는 이제 일곱이 되었구나! 할아버지와 할머니, 아빠와 엄마 그리고 네 아빠의 여동생인 두 고모들, 우리 식구가 되어 준 너까지."

대학원에 다니는 아들과 어린 티를 벗지 못한 며느리, 그리고 손자를 보살피며 살게 되었습니다. 며느리 선영이는 아들과 연애 중이던 때 가족이 미국으로 이민을 가게 되었는데, 부모를 따라가지 않겠다 결정하였습니다. 우리는 선영이네 부모와 상의하여 서둘러 혼례식을 올려 주었습니다. 사돈네는 바로 미국으로 떠났고, 친정이 없어진 어린 며느리가 안쓰러웠습니다.

손자를 키우는 것은 자식을 기르는 것과는 또 다른 기쁨이었습니다. 저는 날마다 아이를 등에 업고 여기저기 바깥 구경을 했습니다. 낮에는 해를, 밤에는 달과 별을 보여 주었습니다. 마당에 피어 있는 꽃과 나무들의 이름을 아이가 듣도록 일일이 불러 주었습니다. 일 년 후에는 동생이 생겨서, 한동안 아이를 데리고 자는 것은 제 몫이기도 했습니다. 저는 아이가 잠들 때까지 그림책을 읽어 주었습니다. 잠들기 전 아이 곁에는 늘 그림책이 수북이 쌓였습니다. 쉽게 잠들지 않는 아이였으니까요.

하루에 한 번은 예배당에 들어가 소리를 내서 아이를 위해 기도했습니다. 아이에게 친구가 필요할 때쯤엔 울 밖의 아이들도 불러들여 책을 읽어 주고 모여서 함께 놀았습니다. 혼자는 행복할 수 없다는 것을 일찍이 알았기 때문입니다. 그 일이 도서관 운동의 작은 시작이 되었습니다.

그 시작은 어쩌면 더 먼 옛날로 거슬러올라가는지도 모르겠습니다.
어렸을 적 몸이 약했던 저는 혼자 놀면서 쓸쓸하고 외로울 때 이야기나 책이 친구가 되어 준다는 것을 알았습니다. 살면서 어려운 일을 만나 어찌할 바를 모를 때도 책읽기로 마음을 다스리고 어려움을 견뎌 내는 힘을 얻었습니다. 이런 체험을 하면서 책읽기는 친숙한 일상이 되었습니다.
아이는 옛이야기를 참 좋아했습니다. 자라면서 옛이야기 책은 닥치는 대로 읽더라고요. 그 아이가 이제 청년이 되었습니다. 고향을 떠나 먼 나라에서 살고 있는 아이에게 낯선 곳에서 고비고비 닥치는 고난을 이겨 내라고 책을 계속 보내 주었습니다. 편지도 자주 주고받습니다.

아이는 멋지게 자라서, 지금은 옛이야기의 주인공처럼 자기 삶의 주인이 되어 살아가고 있습니다. 청년이 된 손자는 이런 편지를 보내 오기도 했습니다.

(미국 사회에서) 저는 반쪽이 같았어요. 근데 반쪽이라 그런지 이쪽 반에도 잘 어울리고 또 저쪽 반에도 잘 어울릴 수 있었어요. 실제로 많은 1.5세대들이 이민자들을 위한 정의구현을 위해 배트맨처럼 (두 가지 정체성을 가지고) 일하고 있기도 해요. 반쪽이라는 콤플렉스 덕인지 그래도 성실하게 나름 살았던 것 같습니다, 할머니.

어린이책 공부는 아이에게도, 저에게도 살아가는 힘이 되어 주었습니다.

2.

밤마다 손자에게 그림책을 읽어 주던 무렵, 어느 잡지에 소개된 책 한 권이 제 눈을 번쩍 뜨이게 했습니다. 이주영 선생님이 쓴 《어린이책을 읽는 어른》(웅진, 1994)이었습니다.

책을 펴고 책장을 넘기자마자 커다랗고 진한 글씨가 제 눈을 붙들었습니다.

'겨레의 희망, 어린이에게 좋은 책을.'

책을 읽는 내내 '좋은 책'이라는 말이 자주 나왔습니다. 좋은 책? 책이라면 무조건 좋다고 생각하고 읽던 저에게 좋은 책이 따로 있다는 말은 신선한 충격이었습니다.

저는 곧바로 출판사에 전화해서 선생님 연락처를 받았습니다. 저녁에 선생님 댁으로 전화를 했습니다. 처음 듣는 선생님 목소리는 털털하고 친절했습니다.

"선생님, 제가 손자에게 책을 읽어 주다 우연히 선생님이 쓰신《어린이책을 읽는 어른》을 알게 되었습니다. 어린이에게 좋은 책이란 어떤 책인지 더 알고 싶습니다. 그리고 어린이문학 공부도 하고 싶습니다. 도움을 주십시오, 선생님."

이주영 선생님이 무척 기뻐하시던 기억이 납니다.

선생님은 저에게 어린이도서연구회를 소개해 주었습니다. 그길로 어린이도서연구회에 신입회원 등록을 하고, 남편이 목회하던 교회 건물 안에 방 하나를 빌렸습니다. '내 손자만 잘 기른다고 아이가 행복할 수 있을까? 함께 놀 친구들도 잘 자라야지.' 하는 마음으로 하고 싶었던 일이 있었기 때문입니다.

"아이들에게 책 읽어 주는 일을 하고 싶은데, 평소에 늘 비어 있는 교육관 방 하나 빌려 주실래요?"

남편은 흔쾌히 승낙했고, 손수 책꽂이까지 만들어 주었습니다.

남편은 훗날 말했습니다. 그런 어려운 일이 얼마나 가겠나 싶어 그때는 쉽게 허락했다고.

저는 그 방에 이주영 선생님이 소개한 책 몇 권을 갖다놓았습니다. 방문에는 '동화나라'라고 쓴 문패도 걸었습니다. 1996년 2월 26일, 이 일에 함께하겠다고 선뜻 응답해 준 동무 열 명이 첫 모임을 가졌습니다. 그날 바로 각자 형편에 따라 봉사 일정을 짰습니다.

1996년 3월 11일 첫날 일지

기록자 : 김경희　문 여는 시간 : 12시 – 18시

엄마들의 성의가 대단하다. 첫날인데도 네 분의 어머니가 나오셨고 많은 대화를 나누었다.

"아이들과 친해지는 것이 우선 할 일이네요."

2학년 김연화 최한나 다녀갔다.

책을 한 권씩 갖고 와서 조용히 읽고 있는 모습이 좋았다.

은영이는 3학년인데 책을 더듬더듬 힘들게 읽었다. 《영광의 꽃다발 : 비스마르크 이야기》를 읽어 주었다. 앞으로 그림책을 많이 읽어 주겠다.

첫 날부터 꼼꼼히 일지까지 써 가며 헌신적으로 봉사해 준 어머니들 덕에 '동화나라' 공부방을 어려움 없이 운영할 수 있었습니다. 여기가 작은 도서관의 진짜 시작점인지도 모르겠습니다.

저는 어린이도서연구회 회원 교육을 받고 나서 1998년 송탄에 '동화읽는어른' 모임을 꾸렸습니다. 훗날 어린이도서연구회의 지역모임이 되었지요. 우리는 '동화나라' 공부방을 모임 장소로 삼아 어린이책을 읽고 어린이 문화운동을 펼쳐 나갔습니다. 송탄에 문화공간도, 놀 거리도 없던 시절, 아이들은 학교가 끝나는 대로 '동화나라'에 30~40명씩 몰려왔습니다. 아이들은 '동화나라'에서 하는 각종 프로그램을 좋아했지만, 틈틈이 나누어 먹던 간식이 사실은 더 인기 있었지요.

기자를 하겠다고 적극 나서는 아이들과 함께 공부방 소식지도 만들었습니다. 지금은 '동화나라' 공간은 사라졌지만, 그 이름은 어린이도서연구회 지회 회지 제목으로 이어지고 있습니다.

책장도 갖추지 못한 채 시작한 이 공부방이 훗날 평택 지역 사립 어린이도서관의 모태가 되었습니다. 많은 사람이 스쳐 갔고 다양한 이야기가 쌓여 도서관의 역사가 되었습니다. 하지만 '이 지역에서 나는 어떤 도서관 운동을 해야 할 것인가?'라는 고민은 여전히 계속되고 있습니다.

도서관을 운영하고, 그 현장에서 만난 사람들 이야기, 그리고 앞으로의 과제에 대해 찬찬히 생각하며 몇 편의 글을 써 보았습니다.

3.

어린이도서연구회를 처음 만난 날은 제가 그동안 머물러 있던 세상과는 전혀 다른 새로운 세상을 향해 첫 발걸음을 뗀 날이었습니다. 그때 제 나이 쉰아홉이었습니다. 그 나이에 어린이책과 어린이문학을 처음 만난 것입니다. 어린이책을 읽고 연구하면서 저는 어린이책에 흠뻑 빠져들었습니다. 어린이도서연구회에서 배우고 깨우친 것들을 혼자만 알고 있을 수는 없을 것 같아서 제가 사는 마을 어머니들, 아이들과도 함께 나누는 모임을 꾸렸지요. 그러면서 참으로 행복한 세월을 살았고, 평생 잊을 수 없는 좋은 동무들도 만났습니다. 어린이책을 공부하며 만난 동무들은 저에게 자랑스럽고 귀한 재산입니다.

어린이도서연구회 신입교육 때 이송희 선생님에게 들었던 옛이야기 〈구렁덩덩 신선비〉는 저로 하여금 마음 저 깊은 곳을 돌아볼 수 있게 해주었습니다. 옛이야기가 이토록 저를 깊이 성찰하게 하고 성장시킬 줄은 몰랐습니다. 옛이야기가 저를 어떠한 세계로 이끌어 가는지에 대해서도 이야기해 보려 합니다.

평생토록 공부를 갈망하며 살았지만, 예순 살이 되어서야 비로소 제대로 공부를 할 수 있었습니다. 그 길로 저를 이끈 것은 손자를 비롯한 어린이들, 어린이책, 그리고 옛이야기입니다. 제 삶을 제대로 들여다볼 수 있게 해준 것들에 대한 고마움을 글로 남겨 보고 싶어서 시작한 것이 여기까지 왔습니다. 부족한 글이지만, 새로운 것을 시작하기에 너무 늦지 않았을까, 이제서야 해도 될까 고민하는 누군가에게는 제 경험이 용기와 격려가 될 수 있지 않을까 하는 작은 기대를 품어 봅니다.

2018년 8월
최해숙

차례

1

도서관에서
보낸 시간들

처음 만난 옛이야기 - 내 안에 소년이 들어왔어

어른들에게 '옛날 옛날에'로 시작하는 이야기를 듣기 좋아하며 자란 저에게 어느 날, 한 소년이 찾아와 둥지를 틀고 살면서 저와 하나가 되었습니다. 여덟 살쯤인가, 먼 여행길에서 돌아오신 아버지에게 책 한 권을 선물로 받았습니다.《소가 된 게으름뱅이 소년》이라는 만화책. 지금 기억하기로는 누리끼리한 질 낮은 종이에 흑백 연필 그림의 볼품없는 책이었지만 저에게는 소중하기만 했습니다. 처음으로 얻은 제 책이었으니까요. 따스한 햇볕이 드는 마루에서 읽고 읽고 또 읽었습니다. 얇은 만화책은 누더기가 되었습니다.

겨우 글을 깨우친 저에게 그 만화는 책이 아니라 살아 있는 이야기로 제 안에 들어왔습니다. 그리고 마음에 깊은 울림을 주었습니다. 그 후로 제 안에 들어온 소년은 무의식 깊은 자리에 똬리를 틀고 평생 저의 삶을 이끌었던 것입니다.

오랜 시간이 흐른 뒤 그 이야기를 책으로 다시 만났습니다.

옛날 옛날에 일하기 싫어하는 사람이 살았대. 나이 서른이 넘도록 지게 한 번 져 본 적이 없고 호미 한 번 들어 본 적이 없었어. 아내가 아무리 어르고 달래고 협박해도 말이 통하지 않았어. 결국 그 사람은 일하기 싫고 아내의 잔소리가 듣기 싫어 아내가 짜놓은 베 두 필까지 가지고 집을 나가더래.

집에서 아주 멀리 가 버리겠다고 언덕을 넘어가니 예전에 보지 못하던 오막살이 한 채가 나타났어. 그 집 앞에서 웬 노인이 뭘 열심히 만들고 있어.

"영감님, 뭘 그리 공들여 만드십니까?"

"보면 모르오? 쇠머리 탈 아니오."

일하기 싫어하는 사람이 그걸 쓰면 좋은 일이 생긴다는 영감님 말에 그만 덥석 탈을 집어 머리에 썼겠다.

'아이쿠, 큰일 났네.'

쓰자마자 그 사람은 소가 되었어. 영감님은 그 소를 장에 끌고 나가 농부에게 팔고 어디론가 가버렸어. 그 사람은 자기는 소가 아니고 사람이라고 아무리 소리쳐도 밖으로 나오는 소리는 "음머, 음머." 소 울음소리뿐 소통이 되지 않았어.

어느 농부에게 팔려 간 그 사람은 고된 농사일을 견딜 수 없었어. 자기는 사람이라고 살려 달라고 외쳤어. 그러나 소리치면 칠수록 더 심한 매질만 돌아왔어.

'아, 차라리 죽고 싶어.'

그때 영감이 농부에게 자기를 팔면서 했던 말이 천둥처럼 들리는 거야.

"이 소는 무를 먹으면 죽으니, 무밭엘랑 끌고 가지 마오."

죽기로 작정하고 무를 뽑아 먹었어. 그때 소가죽이 홀랑 벗어졌어.

집으로 돌아간 게으름뱅이는 이후로 열심히 일하는 착한 농부가 되었대.*

《소가 된 게으름뱅이 소년》은 사람들에게 교훈을 주기 위한 이야기로 알고들 있습니다. 도서관에서도 서가에 꽂힌 채 그리 바쁘지 않은 책입니다. 그러나 여덟 살의 저에게 왔던 그 이야기는 큰 의미로 남았습니다. 저로 하여금 남의 형편과 아픔을 살피는 마음을 갖게 했으니까요. 사람이 게으름을 피우면 소가 된다는 교훈 같은 것은 전혀 깨닫지 못했지요.

그 시절 소는 길가에서 흔히 만날 수 있는 동물이었습니다. 해질녘이면 무거운 짐을 한가득 싣고 워낭 소리 딸랑거리며 일터에서 돌아옵니다. 터덜터덜 무거운 걸음으로 천천히 걸어오는 소. 저는 습관처럼 가까이 가서 소의 눈을 깊이 들여다보고는 했습니다. 소는 새까맣고 커다란 눈으로 저를 보며 애처롭게 부르짖는 것 같았습니다.《소가 된 게으름뱅이 소년》을 읽기 전에는 소를 보아도 그냥 눈이 슬픈 동물일 뿐이었습니다. 그러나 만화책으로 소를 만난 후 소는 더 이상 짐승이 아니었습니다. 소가죽에 갇힌 채 제 마음에 들어와 살게 된 '사람'이었습니다.

'나는 네 가죽을 벗겨 주고 싶어.'

---

* 서정오, 〈소가 된 사람〉, 《우리가 정말 알아야 할 우리 옛이야기 백 가지 1》(현암사 1997), 317~321쪽 재구성.

22

그후로 모든 사물을 허투루 보지 않고 깊이 들여다보는 성품으로 자라 갔습니다. 귀를 기울여 사물과 소리로 교감하려는 습관을 가지게 되었습니다.

지금도 사람들의 아우성치는 소리가 여기저기에서 들립니다.

"우리도 당신과 똑같은 사람입니다."

"저는 사람입니다. 소가 아니에요."

어른이 된 지금도 안타까이 부르짖는 그 소년의 소리 때문에 온 우주라도 품을 듯 오지랖 넓은 사람으로 살고 있습니다. 가끔은 제가 주제 넘는 짓을 하는 게 아닌가 생각이 들기도 하지만 옛이야기 한 편이 저를 이런 길로 이끌었다 생각하며 유쾌히 감당합니다.

책이 있는 놀이터, 어린이도서관

할머니가 지킴이로 있는 도서관, 어색해하거나 어려워하지 않을까 걱정도 했지만 아이들은 아무 거리낌이 없었습니다. 도서관에 와서 할머니가 보이지 않으면 아이들이 먼저 할머니를 찾습니다. 특별히 뭘 같이 하려는 것도 아닙니다. 할머니가 자리에 있는 걸 확인하고는 저희끼리 책 읽으면서 놉니다.

도서관에 와서 책 읽는 아이는 하고 싶은 일도 자꾸 생깁니다. 아이들은 책에서 본 대로, 이야기 들은 대로 스스로 놀이를 만들어 놀아요. 구석에서 소꿉놀이를 하면서 놀다가 저희끼리 싸우기도 합니다만.

할머니를 좋아하는 아이는 스스럼없이 책을 들고 제 무릎으로 올라앉습니다.

"할머니, 이거 읽어 줘."

책읽기는 아이와 제가 얼굴을 마주하고 온 세상을 함께 여행하는 놀이입니다. 이야기를 들려주거나 책을 읽어 주고 나면 제 가슴이 콩닥콩닥 뜁니다.

대여섯 살이 된 녀석들은 제 등에 매달려 업어 달라고 합니다. 육십도 한참 넘었지만, 제 허리는 그 아이들을 거뜬히 업어 줄 만큼 짱짱했습니다. 옆으로 돌려 업고 "두부 사세요." 하면서 두부장사 놀이를 해주었더니 녀석들이 그 맛을 알고 두부장사 놀이 하자고 자꾸 매달렸습니다.

저는 아이를 업어 주는 게 좋습니다. 제 아이 업어 기를 때를 생각하며 제가 더 즐거웠습니다. 지금도 아이들하고 노는 게 즐겁습니다. 제가 자랄 때는 동네 할머니, 할아버지가 우리를 그렇게 길렀습니다. 저는 도서관에 놀러오는 모든 아이들의 할머니가 되고 싶었습니다. 아이들과 도서관 서가에 꽂혀 있는 많은 책들을 가지고 놀며, 아름다운 꿈을 꾸며, 몇 년 후 혹은 몇십 년 후의 아이들의 모습을 그리며 행복한 날들을 도서관에서 보냈습니다.

이제는 아이들을 등에 업어 줄 수도, 같이 몸으로 놀아 줄 수도 없지만 언제까지나 아이들 곁에 있고 싶습니다. 할머니 할아버지와 함께 사는 일이 드문 시대, 많은 아이들이 할머니 정을 경험하지 못한 채 자라고 있습니다. 조건 없이 주는 할머니의 사랑을 도서관에서 만나게 해주고 싶습니다. 할머니 또한 아이들 곁에 있을 때 외롭지 않고 행복합니다. 마을 도서관을 통해 공동체를 살려 내고 싶습니다.

도서관 운동은 결국 '사람'입니다

'내가 언제 이렇게 즐겁게 살아 보았던가?'

어린이 도서관에서 보낸 지난 시간은 잃어버렸던 어린 시절을 되찾은 듯, 물오른 가지처럼 싱싱하고 아름다운 추억을 엮은 세월이었습니다.

저는 6. 25 전쟁의 혼란 속에서 10대를 보냈고, 전쟁 후에는 집안이 완전히 몰락하여 온 식구가 뿔뿔이 흩어져 각자 알아서 살아야 했던 길고 긴 암흑기를 보냈습니다.

어린이책을 읽고 아이들과 놀면서, 제 무의식 속에 쌓여 있던 어두운 그림자가 사라져 갔습니다. 차츰 삶의 태도가 변해 갔습니다. 범사에 긍정적이고 적극적인 사람이 되어 갔습니다. 이야기 듣기를 좋아하던 어린아이가 이제 사람들 이야기를 들어주는 넓은 품을 가진 어른으로 변했습니다. 도서관을 운영하고 사람들을 만나는 일은 잃어버렸던 어린 시절을 되찾기 시작한 계기가 되었습니다. 하지만, 혼자서는 갈 수 없는 멀고 힘든 길이기도 했습니다.

힘들 때마다 저를 도와준 동무들이 곁에 많이 있었습니다. 그 가운데서도 특히 잊을 수 없는 동무가 있습니다. 도서관 일을 시작하려고 할 때 찾아가 제가 하려는 일을 설명하고 도와달라 부탁했던 동무입니다. 결혼 전 전주에서 여학교 교사로 일했거든요.

"사실 저는 아이들을 별로 좋아하지 않아요. 하시려는 일이 제가 원하는 것은 아니지만, 좋아하는 사모님을 위해서라면 도와드리겠어요."

그뒤로 그녀는 오랫동안 제 곁을 지켜 준 신실한 협력자가 되었고, 도서관에서 아이들을 만나고 어린이책을 읽으면서 그녀에게도 변화가 왔습니다.

"어린이책을 읽고 아이들과 함께 놀다 보니 어느새 저도 아이들이 사랑스러워졌어요. 지금은 아이들이 정말 예뻐요."

지적장애를 가진 아들 걱정에 늘 얼굴에 그늘이 져 있던 그녀에게 새로운 꿈이 생겼습니다. 그녀는 사회복지대학원에 들어갔고, 졸업 후에는 청소년 상담사로 봉사하다 지금은 정신장애우 센터인 '새봄' 기관장으로 일하고 있습니다.

어린이문학이라는 단어 자체가 생소했던 작은 도시 평택에서 제가 처음 시작했던 '가나안어린이도서관'과 '동화읽는어른모임'은 젊은 층의 관심을 끌었습니다. 지역에 공장들이 들어서면서 젊은 층이 유입되기 시작한 1990년대 후반, 평택과 송탄 지역은 인구만 늘어났을 뿐 문화적 환경이 열악했기 때문에 어린이도서관이 생겼다는 소식은 매우 빠르게 퍼져나갔던 것 같습니다.

아무런 재정적 뒷받침 없이 교회 한구석에서 혼자 사립도서관을 시작했던 저는 급여를 주어야 하는 정식 사서를 채용할 수가 없어서, 어린이도서연구회에서 배운 짧은 지식만을 가지고 도서관을 운영했습니다. 그러나 최선을 다했지요. 열심히 책을 찾아 읽었습니다. 어린이도서연구회 사회부에서 활동하던 김경숙 선생님의 도움을 많이 받았습니다. 크고 작은 도서관 프로그램은 세미나를 찾아다니면서 듣고 배웠고, 국내외 도서관 견학도 다녔습니다. 허나 부족한 제 능력으로는 목마름을 다 채울 수 없었습니다. 도서관에 오는 사람들 보기가 미안하고 두렵기도 했습니다. 그러나 모여드는 아이들과 열정과 헌신으로 저를 돕는 젊은 어머니들을 만나면서 도서관이 사람들에게 희망을 주고 있다는 확신이 들었습니다. 사서 자격증을 갖추지 못한 것이 마음에 걸렸지만 도서관을 포기하지는 않았습니다.

'그래. 내가 할 수 있는 일에는 최선을 다하고 동무들에게 나를 도와서 함께 가자고 하자.'

때때로 위축되는 제 자신을 이렇게 스스로 격려하고 위로했습니다.

송탄 동화읽는어른 모임은 1997년부터 해마다 신입회원을 모집했습니다. 일 년간의 교육과정을 끝내면 동화읽는어른 모임 정회원이 되고, 가나안어린이도서관 자원봉사자로도 활동하였습니다. 저는 열정 하나로 이 일을 시작했지만, 새로운 회원들 가운데는 어린이 문화 운동에 대한 애정은 물론 뛰어난 능력을 갖춘 젊은이들이 많이 있었습니다. 조건 없이 도서관에서 봉사하는 동화읽는어른 모임 회원들을 저는 진심으로 존경하고 귀히 여겼습니다. 작은 일도 함께 상의하고 미리 준비했습니다. 재능에 따라 일을 나누어 함께 했습니다. 행사를 치르고 난 뒤에는 봉사자들을 칭찬하고 격려하는 것도 소홀히 하지 않았습니다.

"이번 행사 정말 멋졌지요? 다들 열심히 해준 덕분이에요."

우리 일에 대한 긍지로 똘똘 뭉쳤던 자원봉사자들 덕분에 도서관은 활기가 가득했습니다.

저는 아이들의 정서발달에 도움이 되는 프로그램을 배워 오고, 새로운 프로그램을 개발하기 위해 끊임없이 고민하고 선배들과 상담했습니다. 어린이날 행사, 여름·겨울 방학 때 어린이와 부모가 함께하는 '주제가 있는 모꼬지'에는 늘 많은 사람들이 모였습니다. 한번 참석한 사람은 다른 행사가 열릴 때마다 찾아옵니다. 서로 자연스럽게 좋은 동무가 되고, 아이들은 청소년이 되어도 우정을 이어 갑니다.

동화읽는어른 모임을 통해 공부한 사람들이 지역 도서관에 모여 활동을 이어 나가는 운동은 기대 이상으로 지역민에게 관심과 사랑을 받았고, 행사 때마다 참가자로 성황을 이루었습니다.

여러 사람이 모여 일을 할 때는 개개인의 능력에 앞서 일에 대한 확신과 서로를 향한 신뢰가 먼저라는 것도 그때 배웠습니다. 신뢰의 바탕은 정직이었습니다. 저의 부족을 스스로 인정하고 저를 솔직하게 보여 주었습니다. 그리고 진심으로 칭찬을 아끼지 않았습니다. 봉사자들은 도서관 일을 자기 일처럼 즐겁게 했습니다. 모든 공은 우리 모두의 것으로 돌리고 진심으로 서로 격려했습니다. 우리는 자주 자주 모여서 열심히 먹으면서 일했습니다. 손님 대접하기를 즐기셨던 어머니를 보고 자란 저는 밥상에서 정이 난다는 걸 알고 있었습니다. 우리는 한 식구 같은 참 친한 회원들이었습니다.

그러나 일을 하다 보면 어려움도 있습니다. 큰 행사를 준비할 때는 막상 자기 식구 끼니 챙기기가 어렵습니다.

'우리가 누구를 위해서 이 운동을 하는데, 아이들 끼니도 제대로 챙기지 못하니 어떻게 하면 좋으냐?'

제가 괴로워하며 한숨을 쉴 때면 봉사자들이 오히려 저를 위로합니다. 제 마음을 아는 어머니들은 가능한 한 아이들을 데리고 다닙니다. 더러 삐걱거리는 일도 생기지만, 우리는 열심히 일하고 즐겁게 먹고 마시며 활동했습니다.

가나안어린이도서관이 자리를 잡기까지

돌아보니 어린이도서연구회 지역모임과 실천의 장인 어린이도서관을 함께 시작한 것은 참으로 잘한 일이었습니다. 두 모임이 환상의 길동무라는 걸 한참 뒤에 깨달았습니다.

송탄 동화읽는어른 모임(뒤에 어린이도서연구회 지역모임으로 단일화됨) 3기 회원모집 때는 평택에서 생태환경 운동을 하던 회원들이 많이 등록했습니다. 그들은 신입교육을 마치고 모두 정회원이 되었습니다. 이 무렵부터 도서관이 튼실하게 자리를 잡아가기 시작했습니다. 회원들은 열심히 책을 읽고 어린이문화 운동을 활발히 해 나갔습니다. 그때 깨달았습니다. '부모가 먼저 책을 읽고 변해야 한다'는 것을. 도서관에서는 바로 학부모 강좌를 기획하고 실행에 옮겼습니다.

저는 1996년부터 1999년까지 도서관 관장직과 어린이도서연구회 지역모임 대표직을 혼자서 다 맡고 있었습니다. 힘이 들었지만 지나고 보니 회원들에게는 유익이었습니다. 회원들은 도서관 일과 동화 읽는어른 모임을 하나로 생각하면서 폭넓게 양쪽 일을 배워 나갔습니다. 3년이 지나자 일꾼들이 쑥쑥 자랐습니다. 이제 도서관과 어린이도서연구회 지역모임을 분리시켜 운영해도 되리라는 확신이 생겼습니다.

1999년 송탄 동화읽는어른 모임은 총회를 소집하고 대표를 새로 선출했습니다. 2기로 들어온 박정숙이 만장일치로 2대 대표가 되었습니다. 저는 도서관장으로서 도서관 일에만 집중할 수 있게 되었습니다. 송탄 동화읽는어른 모임은 모임 장소를 도서관에 두고 모든 활동을 도서관과 함께 해나갔습니다. 우리는 둘이면서 하나이고, 하나이면서 몸이 둘이었습니다.

3기로 들어온 이정현이 3대 대표를 맡았던 때가 가장 활발하게 일을 했던 시절이 아니었나 싶습니다. 신문방송학을 전공한 이정현은 송탄에서 오랫동안 환경 운동을 하다 어린이문화 운동으로 옮겨 왔습니다. 이정현은 매사에 탁월한 능력을 발휘했습니다. 거기다 온유하고 겸손한 인품까지 갖추었습니다. 인터넷에 지역모임 카페를 개설하고, 도서관을 홍보하고, 자료를 정리·보존하는 데도 큰 역할을 했습니다. 컴맹인 저 혼자서 겨우 도서등록하고 대출·반납 정도나 하던 때에 말입니다.

저는 인복이 많은 사람입니다. 제가 이 일들을 다 할 수 있었던 것은 많은 사람들이 부족한 저를 도와주고 함께했기 때문입니다. 설령 운영자가 유능하다 해도 도서관은 혼자는 할 수 없는 일입니다. 더군다나 지역 사람들에게 필요한 책과 프로그램을 제공하는 도서관이고자 했기 때문입니다. 맞아요, 도서관에서 가장 중요한 것은 '사람'입니다. 동무를 소중히 여기며 함께 가야 한다는 걸 배웠습니다.

동무들과 함께 도서관 운동으로 천천히, 조용히 세상을 바꾸어 가기를 얼마나 바라고 애썼는지요. 또한 자기가 발을 딛고 서 있는 땅을 귀하게 여기고 거기서 살아가는 사람들을 사랑하며 함께 살아야 한다고 믿습니다. 제 삶의 철학이고, 사람의 근본 도리라고 생각합니다. 그 신념으로 도서관 운동을 했습니다. 도서관에서 '우리 마을 역사교실'과 '지역 자연생태 체험학교'를 상설 프로그램으로 운영하는 것도 아이들이 지역의 정체성을 잘 알고 자라기를 간절히 바라기 때문입니다.

지금까지 이십여 년 동안 늘 곁에서 스승으로 저를 도와주고 있는 김해규 선생님과 함께 역사교실 답사를 나갔던 어느 날이었습니다. 그날은 '우리 지역의 인물 찾아보기'라는 주제를 가지고 탐방을 나갔습니다. 원균과 이순신 장군에 대한 김해규 선생님의 해설을 들으며 두 장군의 유적지를 돌아보고 왔습니다.

그 행사에 참가했던 초등학생 가운데 남순아라는 학생이 있었는데, 다음 날 순아는 인터넷으로 시청 민원실에 건의문을 보냈습니다. '원균 장군 묘가 왜 이렇게 초라한가요.' 하는 내용이었습니다. 여느 학생들과는 사뭇 다른 관점의 건의문이었지요.

그날 김해규 선생님이 말씀하신 내용은 이랬습니다.

지금 우리가 알고 있는 원균은 일제강점기와 박정희 시대의 시각으로 본 인물입니다. 왜란 당시 원균 가문 또한 국가와 민족을 위해 헌신했습니다. 원균이 삼도수군통제사로 종군하여 전사했고, 원균의 동생 원연은 평택 지역 유일의 의병장으로 용인전투에서 큰 공을 세워 적성현감에 임명되었으며, 셋째 원전은 원균과 함께 종군하여 전사했고, 조카(원전의 아들) 원사립은 무과에 급제하여 서천군수가 되어 왜적을 물리쳤습니다. 왜란의 역사에서 이처럼 가족과 형제들 모두가 나라를 구하기 위해 목숨을 바친 가문을 찾기는 쉽지 않습니다. 이런 가문이 영조4년(1728) 이인좌의 난(무신의 난)에 연루되어 조정에서의 명성을 잃었고 만고의 역적처럼 알려진 측면이 있다. 원균 재조명을 위한 연구가 필요할 수도 있다고 그날 선생님은 말씀하셨습니다.

논쟁의 여지가 있는 내용이기는 했지만, 지역 인물에 대한 홀대를 나름 부당하게 여긴 순아는 배움을 통해 바로 이의를 제기했고, 시에서는 답을 했습니다. 가족이 돌보던 묘를 그 이후 지자체에서 관리하고 있습니다.

순아는 개구쟁이 삐삐롱스타킹 같은 아이였습니다. 담을 뛰어넘다 다리에 큰 상처를 입고 오래 고생하기도 했습니다. 사내아이 못지않게 장난기 많고 활달한 아이였어요. 동화읽는어른 모임에서 활동하는 어머니와 함께 도서관에서 책을 읽고 도서관 운동을 열심히 하며 자란 순아는 지금 독립영화를 만드는 감독이 되었습니다. 순아는 날카로운 눈으로 사회를 바라봅니다. 또한 따뜻한 가슴으로 대안을 고민하는 흔적이 묻어나는 영화를 만들고 있습니다.

얼마 전에 만났을 때 있었던 일입니다.

"순아야, 너 다리 상처는 어때? 좀 보여 줄래?"

순아는 거침없이 치맛자락을 올렸습니다. 상처는 생각보다 컸습니다. 그러나 그 상처는 순아의 몸과 마음에 새겨진 아름다운 추억의 흔적이란 걸 알 수 있었습니다. 순아는 상처를 보여 주면서 밝게 웃었거든요.

순아는 지금 여러 장르의 영화를 준비하느라 바쁘게 지내고 있습니다. 특히 여성 인권문제, 페미니즘, 노동자 문제에 관심을 가지고 있고 앞으로 경쟁에 내몰린 청소년 교육 문제도 다루고 싶다고 합니다. 어린이 인권 문제까지 고민하고 있다니 앞으로 좋은 영화를 만날 수 있을 것 같습니다.

"순아야, 영화감독이 된 것은 엄마 아빠 영향을 받은 걸까? 엄마 아빠가 NGO 단체 활동을 하셨잖아?"

"글쎄요, 그런 영향도 있겠지만 꼭 그런 거 같지만은 않아요."

누구 때문이라는 말을 좋아하지 않는다는 씩씩한 대답. '역시 순아야.' 하며 저는 빙그레 웃었습니다.

순아가 중학교를 대안학교로 가면서 순아네 가족은 학교 가까이로 이사를 했습니다. 순아는 고등학생이 되면서 영화에 관심을 갖게 되었고, 학교에서 더 이상 배울 게 없다며 1학년을 마치고 학교를 자퇴하려고 했습니다. 선생님들이 만류하여 1년을 더 다녔지만 결국 2학년까지 다니고는 그만두었다는 소식을 들었습니다. 몇 년 후, 아마 2012년이었나 봅니다. 순아 엄마 정현씨가 전화를 했습니다.

"관장님, 우리 순아 작품이 이번 서울독립영화제에 나와요. 모시고 싶습니다."

순아가 드디어 해냈구나! 당연히 가고말고.

순아의 첫 작품은 〈흔적〉이라는 6분짜리 단편영화였습니다. 모든 행사가 끝나고 로비에서 만난 순아는 헤어질 때의 어린 소녀가 아니었습니다. 개구쟁이 티를 벗어버린 멋진 여성으로 성장한 아가씨가 제 앞에 나타났습니다. 얼마나 반갑고 멋지던지요.

학교를 떠난 순아는 서울로 올라가 영상교육센터 '미디액트'를 만나게 됩니다. 거기서 교육을 받고 스스로 일어서 가방끈 짧은 최연소 독립영화 감독으로 첫 작품을 영화제에 올리게 된 것입니다. 남순아 감독은 지난 2015년에 발표한 31분짜리 단편영화 〈아빠가 죽으면 나는 어떻게 하지?〉로 젊은이들에게 많은 생각거리를 던져 주며 쑥쑥 성장하고 있습니다.

사방이 어둡고 답답하게 여겨질 때가 여전히 많습니다. 하지만, 도서관에서 책과 함께 자라는 아이들을 보면서 또 희망을 갖습니다. 뜻이 있는 곳에 길이 있다는 경구를 자라는 아이들을 통해 확실하게 경험합니다.

평택에 문화의 꽃이 피기 시작하다

1990년대 후반까지도 송탄에는 문화생활을 즐길 만한 곳이 없었습니다. 송탄은 미 공군작전사령부가 있는 기지촌입니다. 중소도시로서 1986년 쌍용자동차 공장이 들어오고 송탄, 평택 지역에 공단이 조성되면서 젊은 층이 들어오기 시작했지만 문화공간은 전혀 없었습니다. 남편 직장을 따라 이곳으로 이사 온 젊은 여성들이 마땅히 갈 곳이 없었던 그때 시작한 도서관과 동화읽는어른 모임은 그들의 관심을 끌었지요. 지역신문이나 정보지 또는 입소문을 통해 젊은 어머니들이 모여들기 시작했습니다. 해마다 모집한 동화읽는어른 모임에 수십 명씩 등록을 했어요.

송탄 동화읽는어른 모임은 사단법인 어린이도서연구회의 지역모임입니다. 어린이도서연구회는 1980년 초 "양서는 양심을 낳고 양심은 정의로운 사회를 낳는다."는 구호를 내걸고 일반시민들이 만든 '양서협동조합' 내 여러 모임 중 하나였습니다. 활발하게 독서운동을 펼치던 양서협동조합은 1980년과 1981년 시청 앞에서 우리나라에서 처음으로 국내 창작동화 전시회 및 강연회를 엽니다.

이러한 활동은 당시 세계명작 중심의 출판시장을 국내 단행본 시장으로 바꾸어 가는 데 절대적 영향을 미칩니다. 그러나 양서협동조합은 80년대 초반의 정치적 혼란기 속에서 오랫동안 활동하지 못한 채 해체되고, 초등학교 교사 중심으로 '어린이도서연구모임'만 추천도서목록과 《어린이와 책》이란 월간잡지를 발간하며 지속되었습니다. 《어린이와 책》은 1983년부터 1989년까지 발행됩니다. 주로 회를 홍보하고 우리 창작동화를 소개하는 일을 했습니다. 1989년부터는 《마음을 살찌우는 글쓰기》로 바뀝니다. 다시 1993년에 《동화읽는어른》이라는 월간 잡지로 바뀐 후 지금에 이르고 있습니다.

1993년 대학입학 학력고사가 폐지되고 대학수학능력 시험이 도입되면서, 책읽기에 대한 사회적 관심이 확산되고 어린이도서연구회 회원이 되고 싶다는 요청이 전국 곳곳에서 많아졌습니다. 어린이도서연구회는 1993년 지역모임(동화읽는어른 모임)을 결성합니다. 전국으로 그 영향을 끼쳐 나간 시민운동단체 어린이도서연구회가 평택에도 문화의 꽃을 피우는 데 큰 역할을 했던 것입니다.

지금 평택에서 유능한 시민 활동가로 일하고 있는 장은주를 이곳 시민으로 붙들어 준 곳도 어린이도서연구회 지역모임과 가나안어린이도서관이라는 보금자리였습니다.

장은주는 경북 영주에서 태어났습니다. 대학 졸업 후, 고향에서 자유기고가로 활동하다 결혼했고, 남편 직장을 따라 평택에 오게 되었습니다. 다른 곳에 비해 집값이 싼 송탄에 정착하려 했는데 생활환경이 건조하고 문화시설이 전혀 보이지 않아 마음을 붙이지 못했다고 합니다. 그러던 어느 날 지역 정보지에서 가나안어린이도서관이 소개된 기사를 보았습니다.

도서관에 찾아 온 그녀, 그길로 도서관 자원 활동가로 봉사하고 있습니다. 동화읽는어른 모임에서는 대표 일까지 맡아 열심히 했습니다. 지금까지 평택에 살면서 글솜씨도 뽐내고 있습니다. 평택시민신문 기자, 아이들 글쓰기 선생님, 한 도시 한 책 읽기 도서선정위원장 등으로서 평택의 문화를 지키는 지킴이로 봉사하며 작가의 꿈을 키워 가고 있습니다. 15년의 세월이 흐른 지금까지 그녀는 평택에서 어린이문화 운동의 일꾼으로 자리를 지키고 있습니다.

'우리가 왜 어린이책을 읽는가? 우리끼리만 읽고 즐기면 무슨 소용인가?'

어느 날, 동화읽는어른 모임 2기 대표를 지냈던 박정숙이 말했습니다. 박정숙은 평소에도 도서관에 나와 아이들에게 책 읽어 주기를 좋아했습니다. 거의 날마다 나왔습니다.

"여기 성육보육원 아이들에게 이 재미있는 책을 읽어 주면 어떨까요?"

"참 좋은 생각이네요."

보육원에 찾아가 우리 뜻을 이야기하자 보육원에서는 좋아했습니다. 그래서 일주일에 하루 그림책을 가지고 가서 아이들에게 읽어 주고 아이들을 밖으로 데리고 나와 놀아 주었습니다. 도서관이 책을 가지고 지역민들을 찾아가기 시작한 첫 걸음이었습니다. 그 일이 시작이 되어 지금은 학교, 보육원, 방과 후 교실, 지역아동센터에서 책 읽어 주기 봉사를 하고 있습니다. 해마다 가을이면 시민공원에서 책잔치마당을 펼치기도 했습니다. 도서관을 홍보하고 어린이책을 읽어 주고 책 판매도 했습니다. 좋은 그림책 이야기를 그림자극으로 만들어 어린이 집, 유치원, 학교나 노인요양원에서 공연도 합니다. 문화적으로 불모지와 다름없던 평택 지역에 가나안어린이도서관과 동화읽는어른 모임이 시민운동으로 평택 문화사에 큰 업적을 남겼다고 자부할 수 있을 것 같습니다.

가나안어린이도서관이 시작되던 1996년, 평택에는 도서관이 시립도서관 하나뿐이었는데 지금은 11개 공공도서관이 있고 사립 작은도서관은 40여 개나 등록되어 있다 합니다. 그 가운데 활발하게 활동하는 사립 도서관은 10여 개 정도입니다.

1990년대 말, 경기도에서 학교도서관 살리기 운동이 시작되었을 때 평택 지역 인근에서는 안성을 중심으로 이 운동이 활발하게 퍼져 나갔습니다. 그때 가나안어린이도서관에서 활동하던 회원들은 자녀들이 다니고 있는 학교 도서관을 적극적인 참여로 재정비했고, 한동안 도서관 운영까지 주도적으로 맡아 했습니다. 학부모들이 교실에 들어가 아이들에게 책을 읽어 주기 시작한 것도 이때부터였습니다.

여호와 이레 *

2007년, 저는 열심히 활동하던 어린이도서관을 고스란히 거기 두고 가나안교회를 떠났습니다.

가나안교회는 남편이 개척해서 30년을 섬겼던 교회입니다. 1975년 3월 9일, 교회 설립예배를 드리고 2005년 정년퇴임을 하기까지 몸과 마음을 다해 섬겼습니다. 가족이 모두 그리했습니다. 제 슬하에 자식 셋을 두었는데, 자식들은 어려서부터 노래처럼 '송탄에서 살 거'라고 말하며 자랐습니다. 가나안교회에 몸담아 살겠다는 뜻이었습니다. 세 아이 모두 부모 가까이에 살면서 가나안교회에서 신앙생활하기를 원했고, 소원대로 송탄에 둥지를 틀고 살았습니다. 그러나 어린이도서관에는 예기치 못했던 어려움이 닥쳤습니다. 사람의 앞일이 계획대로, 자기 마음대로 되는 게 아니었습니다.

은퇴하기 5년 전 남편은 후임자를 미리 데려왔습니다. 후임자에게 점차적으로 일을 넘기고 당신은 교회 일을 하나씩 내려놓기 시작했

---

* '하나님이 준비하셨다'는 뜻의 히브리어

습니다.

저는 후임자 사모가 전직 초등학교 교사였다는 것을 알고 도서관을 위해서 잘된 일이라 여기며 기뻐했습니다. 교회가 도서관을 맡아서 운영하고 사모님이 관장직을 맡아 달라고 몇 차례 부탁했습니다. 그러나 후임 목사는 도서관 사역에는 뜻이 없다고 했습니다. 저는 크게 낙심했습니다.

한편 도서관은 이용자가 많아지고 책이 7천여 권으로 늘어나자 유급 사서를 두고 운영했습니다. 열심히 프로그램도 개발해서 운영하며 이용자가 많아진 모습을 보고 기뻐한 남편이 교회 재정에서 사서 인건비를 후원해 주었기 때문에 가능한 일이었습니다. 임대료 없이 사용할 수 있는 도서관 공간과 공과금 혜택까지, 교회가 도서관에 얼마나 큰 힘이 되었는지요. 하지만 도서 구입비를 비롯한 나머지 운영비는 제가 생활비를 아껴서 메워야 했습니다.

교회가 도서관 설립과 운영의 주체는 아니었지만, 가까이서 지켜본 남편은 도서관 운동을 긍정적으로 평가하고 적극 도와주는 가장 중요한 후원자였습니다. 남편은 도서관에 있는 좋은 책, 특히 권정생 동화를 읽고 감동을 받았습니다. 설교할 때 교인들에게 권정생 동화를 읽고 감동받은 부분을 읽어 주면서 "이 책이 도서관에 있으니 여러분도 읽어 보십시오." 권하기도 했습니다. 이렇게 해서 도서관이 교인들에게 점차 알려지기 시작했습니다. 거기에 더해 도서관에서 〈동화나라〉라는 회지를 만들어 교인들에게 배부하자 교인 이용자가 더 늘었습니다. 손녀를 데리고 와서 책 읽어 주는 할아버지, 아이를 도서관 행사에 보내는 부모들이 늘어나고, 후원회원이 되어 주기도 했습니다. 이야기 들려주는 할아버지 봉사자도 얻었습니다. 교인들은 교회에 도서관이 있다는 걸 알고 기뻐하고 자랑스러워했습니다. 지역 주민들도 소문을 듣고 찾아왔습니다. 교회에서 이런 좋은 일을 하느냐고 칭찬하며 도서관 회원으로 등록했습니다. 그러나 후임자가 도서관 일에 뜻이 없다는 것을 분명하게 밝혔기 때문에 저는 그 자리에 머물러 있을 수 없다고 판단했습니다.

새로 부임한 젊은 담임목사의 입장을 생각하니 밖으로 나가야 한다는 판단이 섰습니다. 여기저기 도서관 자리를 찾아다녔습니다. 관에서는 몇 군데 공공건물 한 귀퉁이를 추천해 주기도 했지만 도서관 짐만 옮기기에도 부족했습니다.

2005년 7월, 남편은 현직에서 은퇴했습니다. 그후 2년간은 도서관 자리를 찾아 헤매었던 아픈 세월이었습니다. 마땅한 장소를 구하지 못했기에 도서관을 옮길 수도 없었고, 그 자리에서 계속 도서관을 맡아 운영할 사람을 구하지 못한 가나안어린이도서관은 결국 2007년 폐관신고를 냈습니다. 도서관 재산은 고스란히 그곳에 남겨 둔 채 우리는 교회를 떠났습니다.

그뒤 우리 가족은 기쁜교회로 옮겨 왔습니다. 그러나 그 일은 '여호와 이레'가 되었습니다.

마지막은 새로운 시작

　가나안어린이도서관 사서 권화자가 떠나게 되었습니다. 재능이 많은 권화자는 도서관 일을 좋아했습니다. 그러나 그녀의 남편은 급여가 적은 도서관 일을 그만두도록 압박했습니다. 저는 급여를 올려줄 형편이 되지 못했고, 적은 월급에 사서를 공개 채용할 수도 없었습니다. 이를 딱하게 여긴 송탄 동화읽는어른 모임 친구들이 먼저 발 벗고 나섰습니다. 학원을 운영하며 모임 활동을 열심히 하던 박수희가 어느 날 소개할 만한 친구가 있다고 했습니다.

　"그래? 어떤 사람인데?"

　"도립도서관에서 함께 강의 듣다 알게 된 친구예요."

　다음 날 수희가 친구를 데려왔는데, 첫눈에 딱이다 싶었습니다. 아이들과 잘 놀 것 같은 조그만 여자! 첫 인상이 그랬습니다.

　"김미아입니다."

　생글생글 웃으며 자기소개를 하는 목소리가 맑고 착착 감기는 듯했습니다.

　"미아? 어디 갔다 이제 왔어요?"

　첫 대면인데도 스스럼없이 농담이 나왔습니다. 길 잃고 헤매다 집 찾아온 아이를 연상케 하는 이름이 마음에 꽂혔습니다. 우리의 첫 만남은 그렇게 시작되었습니다.

다음 날부터 출근한 미아는 즐거운 마음으로 도서관 일을 했고 아이들을 사랑하는 마음이 남달랐습니다. 우리는 몇 년 동안 행복하게 함께 일했어요.

2007년, 가나안어린이도서관 폐관과 함께 미아의 사서 일도 끝이 났습니다. 그러나 우리의 만남은 그 이후부터 필연으로 이어집니다. 권화자가 떠났을 때의 상실감은 미아를 만남으로 위로를 받았고, 잃는다는 것은 없어지는 것이 아니라 더 좋은 것으로 바꾸어 주시겠다는 신의 배려임을 깨달을 수 있었습니다. 도서관 일을 하는 저를 하나님께서 기뻐하신다는 확신이 생겼습니다. 확신은 어려움을 견디어 낼 수 있도록 하는 에너지입니다.

미아네 부부는 고향인 전라도 광주에서 등단한 시인과 동화작가 부부였습니다. 작가 데뷔 후 남편은 동국대 대학원에 진학했는데, 광주에서 서울까지 통학하기도 어렵고 그렇다고 서울에 집을 얻을 형편도 안 되고 하니 다른 수도권 도시에 비해 집값이 싼 송탄에 둥지를 틀게 되었습니다. 일자리를 구해야 하던 차에 소개받은 도서관은 미아에게 가뭄에 소나기 만난 듯 반가웠습니다. 더구나 동화작가인 미아에게 어린이도서관은 즐겁게 일할 수 있는 곳이었습니다. 그 뒤로 기쁜어린이도서관으로 옮겨 와서는 도서관의 글쓰기 선생으로 봉사하고 있습니다. 아이들도 선생님을 참 좋아합니다.

"랄랄라 선생님 언제 와요? 랄랄라 선생님!"

아이들과 놀면서 책 읽고, 놀면서 글 쓰고, 놀고 또 놉니다.

글쓰기 시간에 살짝 들여다보면 참말로 재밌습니다.

"랄랄라, 안녕!"

"랄랄라, 잘 지냈어?"

"응! 오늘은 너희랑 같이 그림책 두 권 읽고 시작하려구."

아이들은 저마다 랄랄라, 김미아 선생님에게 친구처럼 인사합니다. 랄랄라 선생님도 다시 초등학생이 된 것처럼 아이들과 주거니 받거니 하는 모습이 참 좋습니다.

"미아, 요즘 어떻게 살아가고 있어?"

인건비를 제대로 주지 못해 미안한 마음으로 묻습니다.

"남편이 집에서 애들 논술 과외 지도하고 있어요. 물론 공부를 더 열심히 하지만요."

근근이 살아가고 있는 모양입니다. 그러나 티 없이 늘 밝은 표정으로 아이들과 놀아 줍니다.

어찌나 부지런하고 건강한지 도서관은 구석구석 미아의 손길로 반짝반짝 윤기가 흐릅니다.

가나안어린이도서관 사서 직은 끝났지만 저와 함께 기쁜어린이도서관으로 옮겨온 미아는 여전히 흐트러짐 없이 도서관 일을 한 식구처럼 돕고 있습니다. 어린이도서연구회 송탄지회의 대표가 된 미아는 회를 지키는 든든한 기둥 역할을 하며 도서관의 협력 시민운동 단체로서 모든 행사를 함께합니다. 그 고마운 마음을 헤아린 저는 어떻게든 돈벌이가 되는 일을 찾아주려고 애씁니다. 도서관 글쓰기 선생님에게 적지만 수고비를 책정해서 주고 지역공공 도서관과 작은 도서관에 미아를 소개하기 시작했습니다. 미아의 강의를 듣는 수강생들이 미아의 강의를 좋아하자 평택시립도서관의 분관 여러 곳에서 학부모 강좌를 개설해서 미아를 초청하기 시작했습니다. 미아는 어른을 위한 프로그램으로 자서전, 수필 쓰기를 지도하고, 중·고등 학생들을 위해서 서평 쓰기도 가르칩니다. 2017년에는 평택시립도서관 오성분관에서 '미아 선생과 함께 마을 인물백과사전 만들기' 사업을 기획하기도 했습니다.

어린이도서연구회 본회 소속 강사로 글쓰기와 옛이야기 강의도 하고, 작년부터는 독서논술 방문교사 일까지 하고 있습니다. 바쁜 틈틈이 주말이면 교회 주일학교 아이들을 데리고 도서관에 옵니다. 새 떼처럼 우루루 도서관에 들어서는 아이들과 미아 선생을 맞는 저는 마음이 울컥합니다. 특히 어려운 환경에서 자라는 아이들을 데리고 다니며 맛난 거 사 먹이고 재밌게 놀아 주는 미아를 보면 감동을 받습니다.

'아이들의 친구 야누스 코르착처럼 미아는 참말로 아이들을 좋아하는구나!'

처음 도서관 일을 시작할 때 겨우 삼십 만원의 활동비를 챙겨 주었지만, 그걸로 반찬값 하고 아이들에게 맛난 거 먹일 수 있어 행복했노라고 고마워하는 사람, 없는 살림에 잘 챙겨 먹지 못한 탓인지 뭐든 너무 달게 먹어 안쓰럽던 미아였습니다.

"이제 먹는 문제는 해결되어서 전보다는 덜 달게 먹어요, 하하."

도서관 일을 좋아하고 성실하게 봉사했던 미아는 꾸준히 지금의 생활 기반을 쌓아 왔습니다. 나날이 아름다워지는 미아 선생을 볼 때면 우리 마음도 환해집니다.

기쁜어린이도서관에서 다시 시작하다

정든 가나안교회를 떠난 뒤, 저와 두 딸네 가족이 옮겨 온 곳은 '기쁜교회'입니다. 남편의 후배 목사가 담임하고 있는 기쁜교회는 원래 예배당 건물이 있던 지역이 개발되면서 보상금을 받았고, 그 돈으로 변두리에 넓은 땅을 사서 교회 건물을 다시 지었습니다.

새로 지은 예배당은 첨탑을 높이 올리는 일반적인 교회 건물 건축 양식과 달랐습니다. 외벽을 노출 콘크리트 공법으로 처리한 현대식 건물로, 몸을 낮춘 아담한 박물관 같은 느낌입니다. 손웅석 담임목사는 이 아름다운 건물을 지역민들과 함께 나누고 싶었답니다. 책을 좋아하는 목사는 그 생각을 바로 실천에 옮겼습니다. '아이들에게 지루한 설교보다는 재미있는 책을 주기 위해서, 그리고 마을과 이 아름다운 공간을 나누기 위해서' 도서관을 시작하고 싶었다고 말합니다. 이렇게 해서 어린이도서관이 또 하나 송탄에 생겼습니다.

손 목사는 도서관 계획을 가지고 교인 가운데서 도서관 일을 맡길 일꾼을 택하여 가나안도서관에 보내 사서 교육을 받게 했습니다. 그리고 2004년 11월, 도서관을 개관했습니다. 개관식을 하기 전, 도서관에 필요한 시설물들, 들여올 책 목록, 도서관 프로그램 등을 저와 함께 상의하며 준비했습니다. 당시 제가 가나안어린이도서관에서 일하고 있을 때였습니다. 저는 관심을 가지고 기쁜어린이도서관을 자주 찾아 보게 되었습니다.

기쁜어린이도서관 개관 3년 후인 2007년, 제가 기쁜교회로 옮겨 오자 교회에서는 저에게 도서관 운영을 맡겨 주었습니다. 혼자 힘으로 도서관을 운영하던 저는 운영 주체가 교회인 도서관에 오니 도서관 운영비 예산 세워져 있지요, 도서관을 이해하는 목사님 계시지요, 천군만마와 같은 어린이도서연구회 송탄지회 회원들도 함께 옮겨 왔지요, 물 만난 고기처럼 신이 났습니다.

어린이도서연구회 송탄지회 조직은 형식상으로는 도서관과 다른 조직이지만, 실질적인 운영진은 가나안어린이도서관 운영진이기도 한, 손등과 손바닥 같은 시스템이었습니다. 하지만 훗날 회원들에게 저 혼났습니다. 왜 우리가 가나안어린이도서관을 떠나 기쁜어린이도서관으로 옮겨야 했는지 설명이 없었느냐고요. 그러나 저는 끝까지 그 까닭을 소상히 밝힐 수 없었습니다. 교회 내부 문제였기 때문입니다. 저를 믿고 따라온 송탄 동화읽는어른 모임 회원들이 그저 고마울 따름이었습니다.

새로 옮긴 기쁜어린이도서관은 교회 건물 안에 있는 교육관 방 하나를 도서관으로 쓰고 있는 20평이 채 되지 않는 작은 공간이었습니다. 목사님도 '건물 짓기 전에 도서관 생각을 했더라면 좋았을 텐데…….' 하고 아쉬워했습니다.

"좀 더 넓게 쓸 수 있는 방법이 있습니다, 목사님!"

제 말을 들은 목사님은 설계도와 견적서를 올리라 했습니다.

가나안교회 사택에 살 때 두 딸은 아직 초등학생이었습니다. 사택 안방에 벽장이 있었습니다. 서너 사람 끼어 앉을 수 있는 작은 방이었지요.

막내딸은 그 방을 좋아했습니다. 제가 직장엘 다녔기 때문에 가사 도우미가 왔는데, 아주머니는 딸을 데려왔습니다. 제 딸보다 한 살 아래였지요. 제 딸은 동생을 데리고 다락방에 들어가 몇 시간씩 책을 읽어 주며 놀았습니다. 그때 보았던 아이들의 놀이터를 생각하며 도서관에 다락방을 만들어 주고 싶었습니다. 어른은 허리를 굽혀야 하지만 아이들은 충분히 서서 걸어다닐 수 있는 높이의 복층 구조가 가능해 보였습니다.

도서관 방 한 귀퉁이에 기둥을 몇 개 세웠습니다. 기둥은 책꽂이로 쓰이기도 하고, 둘레를 빙글빙글 돌아다닐 수 있는 골목길 역할도 했습니다. 기둥 위에는 다락방을 올리기로 했습니다. 다락방 아래층에는 골목길이 생기고, 몇천 권 책을 꽂을 수 있는 서가가 덤으로 생겼습니다. 다음으로 기쁜어린이도서관의 마스코트가 될 기차 모양의 서가를 만들 계획을 세웠습니다. 옛날 증기기관차 모양입니다. 몸통 외부는 전면 서가로 처리해서 그림책을 꽂습니다. 기관차 몸통은 터널을 뚫어 아이들이 기어서 드나들 수 있게 했습니다.

이 서가를 이층 다락방에 오르내릴 층계 바로 앞에 두었습니다. 아이들은 다락방에서 내려오면 바로 기차 굴로 들어갔다가 기어서 빠져나옵니다. 큰아이들은 기차 기관실 위에 올라앉아 책을 봅니다. 아이들은 도서관에 들어오면 총알처럼 뛰어 굴 속으로 쪼르륵 기어 들어갔다 빠져나오면 바로 다락으로 쿵쿵쿵 층계를 뛰어 올라갑니다. 재미있는 도서관입니다.

어느 날, 일본에서 오신 어른들이 기어서 굴을 통과했습니다. 그리고 책꽂이에 꽂혀 있는 책도 뽑아서 펴 보고 꼼꼼히 도서관을 둘러봅니다. 어른이 그 굴 속을 기어서 통과한 건 책꽂이를 들여놓은 후 처음이었습니다. 재미있는 아이 같은 손님이었습니다.

이용자가 늘어 좁아진 도서관을 걱정하던 몇 년 후, 교회는 새 건물을 지었습니다. 지하 2층, 지상 4층의 총 6층 건물의 문화센터를 새로 지었고, 2014년 8월 30일 도서관은 신축한 '더기쁜문화센터' 2층으로 즐거운 이사를 했습니다.

느낌이 좋은 도서관, 아늑한 분위기에 이용자들은 무척 좋아했습니다. 그들은 대출 카드를 만들고 책을 빌립니다. 그리고 더러는 사람이 그리워 찾아옵니다. 먹을거리를 챙겨들고 그냥 놀러오기도 합니다. 열람실 한 귀퉁이에 먹으며 이야기 할 수 있는 공간을 따로 마련해 놓았습니다. 바닥에 열선을 간 황토방도 따로 만들어 아이들 활동실, 어른들 모임방으로 사용합니다. 그 방에서는 음식을 먹을 수도 있어 도서관이 사랑방 역할까지 하게 되었습니다.

새 도서관에는 책도 더 들여오고, 다락방, 골방, 터널이 있는 기차 책꽂이, 꼬맹이 아기 놀이터, 숲속나라 아이들 코너와 어른들도 조용히 책 읽을 수 있는 공간을 만들었습니다. 천장에는 그림책 《넉 점 반》(윤석중 글, 이영경 그림, 창비, 2004)의 주인공 아이가 엄마 심부름 가다 해찰하며 놀고 있는 그림이 그려져 있습니다.

"아, 도서관 참 예뻐요, 좋아요."

감탄하며 돌아간 이용자는 다시 찾아올 때 친구까지 데려옵니다. 사람의 입이 가장 빠르고 정확한 홍보의 통로가 된다는 것을 오랜 경험으로 알았습니다.

학원으로 뺑뺑이 도는 아이들, 놀 시간이 없는 아이들. 공부, 공부 걱정에 늘 긴장하고 있는 아이들에게 좀 시끄럽고 재미있는 도서관 이라면 아이들 스트레스가 조금이나마 풀리지 않을까요?

도서관에서는 아이들이 긴장을 풀고 마음이 평안하고 넉넉해지도 록 돕고 싶습니다.

씨앗을 품은 진주조개를 만나다

"목사님, 저는 기독교인이지만 도서관 운영 철학은 탈종교인데 기쁜어린이도서관을 그런 마음으로 운영해도 괜찮은지요?"

"물론입니다. 저도 관장님 생각과 같습니다."

저는 기쁜교회 손웅석 목사님께 특정한 종교단체를 위해, 혹은 선교를 목적으로 하는 도서관이 아니라 모든 사람을 위한 공공도서관, 누구나 차별 없이 이용할 수 있는 문턱 없는 도서관, 모든 사람에게 균등하게 기회를 제공하는 도서관 운영을 지향한다고 말씀드렸습니다. 흔쾌히 동의해 주신 담임목사님은 사회를 향해서 마음이 열려 있는 분이었습니다.

기쁜어린이도서관으로 출근하던 첫 날, 담임목사님이 저랑 함께 일할 도서관 팀장을 소개해 주었습니다.

"김영아입니다."

"만나서 반가워요."

사슴을 닮은 커다란 눈이 시원해 보이는 30대 초반의 젊은이였습니다.

기쁜교회 조직 안에는 사회봉사부가 있습니다. 도서관은 사회봉사부에 속한 팀 가운데 하나입니다. 팀장은 목회자의 일을 돕는 동역자로, 교회에서 택합니다.

저는 관장이라는 직책을 가지고 있지만 도서관팀장을 돕는 봉사자 가운데 하나입니다. 저는 그 마음으로 도서관을 지켜 왔습니다.

영아는 도서관학이나 문헌정보학을 전공하지 않았습니다. 도서관에서 일해 본 경험조차도 없습니다. 그런데 같이 일을 해보니 전문가 이상으로 어린이책을 많이 알고 있었습니다.

"영아는 어떻게 이리 어린이책에 대해 잘 알고 있지? 책도 많이 읽은 거 같고."

"예, 저는 직장에서 남편을 만나 결혼했어요. 첫 아이를 가졌을 때 워킹맘 여직원들과 인터넷 육아사이트를 통해 영역별 아동도서 정보를 공유하기 위한 모임을 꾸렸어요."

"아, 훌륭한 엄마들이네요."

"여직원뿐 아니라 육아에 관심 있는 남자 직원들과도 공유하게 되었지요. 독서후기 나눔도 했어요."

직장에서 어린이책 모임을 6년이나 했던 경험이 어린이 도서관 일을 할 수 있는 밑거름이 되었던 겁니다. 영아는 부지런하고 총명한데다 성격도 시원시원했습니다. 자기가 잘못 생각하고 있다고 판단되는 일은 거침없이 고쳐 가는 것도 참 좋았습니다.

2007년 5월 첫 만남 이후 몇 달이 지난 가을 어느 날이었습니다.

"영아, 도서관 일을 해보니 어때?"

"처음엔 두렵고 자신이 없었는데, 재미있어요."

"평생 이 일을 하면서 사는 거, 어떻게 생각해?"

"좋지요."

"영아, 있지, 도서관 일이 좋으면, 공부를 하면 어떨까? 도서관 사서 공부."

큰 각오가 필요한 일인지라 참 조심스러웠지만 이 문제를 가지고 우리는 자주 이야기를 했습니다.

영아도 몇 달을 고민하고 여러 사람과 상담을 하는 것 같더니 결국 남편의 허락을 얻어 내 공부를 했습니다. 2008년 대학 3학년에 편입해서 학사 자격증을 딴 뒤 곧 이어 대학원에 들어가 문헌정보학을 전공했습니다. 영아는 대학원에 다니면서 세상이 달리 보인다고 말했습니다.

"세상이 달리 보인다니, 무슨 뜻이야?"

"네, 공부를 하면서 도서관의 폭넓은 세계를 알게 되었어요. 그리고 국공립도서관에서 오래 사서로 일하다 대학원에 온 분들의 애정과 열정에 감동을 받았어요. 저도 도서관을 운영하고 싶다는 꿈을 꾸게 되었어요."

그후로 영아는 도서관 일에 자신감이 생기고 너른 시야를 가진 품이 넉넉한 사람으로 성장해 갔습니다. 대학원을 우수한 성적으로 졸업한 뒤 영아는 정식 자격증을 가진 사서가 되었습니다.

좋은 도서관은 좋은 사서가 일하는 도서관이라고 생각합니다. '좋은 일꾼을 길러 내는 것 또한 내가 해야 할 일이지.' 뿌듯했습니다.

교회 주위로 아파트 단지가 숲을 이루어 들어서면서, 이용자도 계속 늘었습니다. 공간이 넓어지고, 배나 바쁜 도서관이 되었습니다. 좋은 사서가 절실했던 이때 영아가 가정 사정으로 갑자기 도서관을 떠났습니다. 8년 동안 온 정성을 다해 이 자랑스러운 도서관을 함께 만들었는데, 마음 아픈 일이었습니다.

도서관을 떠난 영아가 저에게 보낸 편지글 일부입니다.

기쁜어린이도서관에서 근무하면서 '작은도서관'이라는 개념을 처음 접했고 사립 작은도서관이 공공도서관의 경직된 분위기를 지양하고 이용자들의 정보에 대한 욕구를 찾아주고 충족시킬 수 있는 매력적인 서비스의 장이라는 것도 알게 되었어요.

관장님의 권유로 학업을 시작했고 대학원에서 문헌정보학을 전공도 하였지요. 도서관에는 책이 좋아서 찾아오는 사람도 있지만, 사람이 좋아서 오는 사람, 육아에 도움을 받으려는 사람 등 많은 동기를 가지고 찾아온다는 것도 알았어요. 결국 도서관을 움직이는 에너지는 책을 통해 자신을 만나고 삶을 나누고 싶어 하는 사람들이라는 걸 깨달았어요. 지금은 잠깐 도서관을 떠나 있지만, 이 길로 이끄신 하나님은 저를 통해 일하실 계획이 있음을 확신합니다.

기회가 된다면 작은도서관을 열고 싶어요. 저는 각양 관심사와 강점을 가진 분들이 자기 빛깔을 풀어낼 수 있도록 촉매자가 되어 주고 싶어요.

영아는 이용자를 반갑게 맞이하는 사서였습니다. 아무리 바빠도 아이들이 오면 하던 일을 미루고 아이들과 말을 섞고 책을 읽어 주었습니다. 지금은 도서관을 떠나 있지만 때가 되면 다시 돌아와 영원한 사서로 도서관을 지키리라 믿습니다.

우리는 책 이야기를 나누면서 마음의 상처가 치유되는 경험도 가졌습니다. 사람과의 관계를 깊은 신뢰로 이끌어 주는 아름다운 책 나눔이었습니다. 그것이 도서관의 존재 이유 가운데 하나가 아닐까요? 책으로 사람을 살리는 일 말입니다.

영아,

산속 깊은 곳에 있는 디아코니아 수련원에서 감리교도서관협의회 모임이 있던 날이었지. 그날 밤, 스무 명쯤 되는 회원들이 마당에 빙 둘러 앉았어. 마침, 마당 가운데 있는 커다란 복숭아나무가 달그림자를 만들어 주었어. 거무스름한 가지들 사이로 보름달이 얼굴을 디밀고 있었지. 나무 몸통 바로 앞에 앉은 영아 얼굴에 달그림자가 희미하게 내려앉았어. 그날 밤, 영아가 아버지 이야기를 했어.

"아버지는 스스로 떠나셨어요."

이야기를 풀어내는 영아의 목소리는 침착했지만 촉촉했지. 그동안 우리는 많은 이야기를 나누었지만 그 이야기는 그 밤에 처음 들었어. 이야기를 풀어내는 순간 내 가슴속으로 영아가 쿵! 엎어지던 느낌을 받은 게 생생하네. 그 무게에 눌려 나는 가슴이 아팠지. 그 후, 영아는 늘 내 안에 살아 있어. 영아의 아픔이 바로 내 아픔이기도 했거든.

훗날, 도서관을 개관한다는 소식이 오기를 기다릴게.

희망의 끈을 놓지 않고 기다리다 보면 어느 날 도서관을 개관한다는 반가운 소식이 영아 이름으로 날아오겠지요. 영아도 도서관을 통해 행복한 인생을 살기를 바라고 또 바랍니다.

고목에 꽃이 피었네라

2016년 12월 1일, 저는 더기쁜어린이도서관장 직에서 퇴임했습니다. 사립 어린이도서관을 세워 관장으로 봉사한 지 20년 6개월 만입니다.

1996년 3월, 동화나라 공부방으로 어린이도서관을 시작한 후, 정확히 말하자면 1998년 시청에 문고 등록을 하고부터 한 길로 여기까지 걸어왔습니다. 돌아보니 가슴이 벅찹니다.

스물네 살 때였습니다. 그때 저는 이화여대 입학 시험장에 있었습니다. 시험이 시작되고 얼마가 지났을까, 시험감독으로 들어온 여교수가 제 이름을 부릅니다. 그리고 저를 귀퉁이 쪽으로 데리고 갔습니다. 순간 지난 해 여름 일이 빠르게 머리를 스치고 지나갔습니다.

'아, 나의 소원을 들어주시나 보다.'

햇볕이 무척 뜨거운 한여름이었습니다. 이화여자대학 교정을 가로질러 교무실을 찾아가고 있었습니다. 방학 중이어서 학교는 조용했습니다. 김활란 총장님은 학교에 나오지 않았지만 마침 김옥길 학무처장이 학교에 나와 있었습니다. 찾아온 용건을 얘기했습니다.

"저에게 꿈에도 소원인 공부할 길이 열렸습니다. 저를 입학시켜 주십시오. 열심히 배우겠습니다."

갑자기 학비를 지원하겠다는 분이 나타났는데 시험 준비할 시간은 없고, 이 기회를 놓칠 수 없다는 절박함이 학교까지 찾아오게 했습니다. 내년에 입학시켜 달라고 떼를 쓴 거였지요. 그리고 입학시험이 얼마 남지 않은 기간 동안 나름 열심히 공부했습니다.

그런데 나를 시험장 귀퉁이로 데리고 갔던 선생님은 청천벽력과 같은 말을 했습니다.

"당신은 시험에 응할 자격이 없는데 학교 측 실수로 입학원서를 접수했어요. 미안하게 되었어요."

제가 졸업한 학교는 유치원 교사 자격증을 주는 직업전문학교(신생 보육사범학교)였습니다. 같은 학교를 나온 후배는 이미 이화여자대학에 입학해서 졸업까지 했는데, 왜 나는 안 된다는 건가요. 어찌 된 일인지 알아보았습니다. 후배가 학교에 입학할 수 있었던 것은 6. 25 전쟁이 끝난 직후 교육 행정이 혼란했던 시기에 잠깐 있었던 일이라 했습니다. 그래도 포기할 수 없었던 미련한 저는 다음 날 체력장까지 마쳤습니다. 혹시나 하고 끝까지 시험을 치르고 기다렸지만, 돌아온 것은 불합격이란 빨간 도장이 찍힌 통지서가 든 노란 봉투였습니다.

초등학교를 졸업하던 해(1951년) 상급학교 진학을 위한 국가고사라는 제도가 처음 시행되었습니다. 저는 졸업생 가운데 최고의 성적을 받았는데, 당시 성적이 좋은 학생을 사범학교로 보내는 전통이 있어 학교에서는 당연히 사범학교로 원서를 쓰게 했습니다. 그러나 큰어머니인 의사 현덕신 여사가 강하게 반대를 하셔서 당시 전남의 명문이었던 전남여중(그해부터 중학 3년, 고등 3년으로 학제가 바뀌면서 중앙여중이 되었으나 훗날 다시 전남여중이 되었습니다)에 진학을 했습니다. 그러나 전쟁 후 아버지의 사업은 완전히 몰락하였고 우리는 끼니를 죽으로 때우기도 힘들었습니다. 밥 때가 되면 뒤주 바닥을 박박 긁으며 한숨을 쉬는 어머니 곁에서 저도 안절부절못했습니다.

그래도 저는 어머니가 광목천에다 손수 검정 물감을 들여 만들어 준 교복을 입고 학교엘 다녔습니다. 어느 날, 운동장에서 아침 조회를 하는데 갑자기 소나기가 쏟아졌습니다. 흠뻑 젖은 제 교복에서 검정 물감이 종아리를 타고 흘러내렸습니다. 그 일이 있은 뒤로 저는 더 우울한 아이가 되었습니다. 특히나 '쎄루'라는 고급 천으로 교복을 해 입고 다니는 친구들 사이에서 수치심까지 느끼곤 했습니다. 마지막 학년 때는 수업료를 내지 못해 시험 때마다 집으로 쫓겨 가곤 했습니다. 졸업식에 참석이나 했는지 기억이 없습니다. 더 이상 학업을 계속할 수 없었던 저는 고등학교 진학을 포기해야 했습니다. 그나마 큰어머니가 여성 교육에 뜻을 두어 세웠던 보육학교를 다닐 수 있게 되었습니다. 제가 원하던 학교는 아니었지만 큰어머니의 배려로 3년 장학생으로 들어갔습니다.

가족이 고향을 떠나고 홀로 남은 저는 고아원에서 학교를 다녔습니다. 대부분 늦은 나이에 시골에서 올라온 학생들 사이에서, 그들과는 잘 섞이지도 못한 채로 쓸데없이 자존심만 강한 외로운 소녀였습니다. 음악 시간과 풍금 연습 시간 외에는 수업시간이 재미없어 책상 밑에 소설책을 두고 읽던 불량학생이 되었습니다.

하필 소설《보바리 부인》을 읽다 선생님께 들켰던 날입니다. 몹시 화가 난 선생님은 그 책을 저에게 던졌습니다. 책이 제 머리에 떨어졌지만 키 작은 저는 앞자리 가까이 앉았기 때문에 불행 중 다행히 크게 다치지 않았습니다. 그러나 맨 뒤에 앉아 있던 친구가 벌떡 일어나더니 선생님께 항의를 했습니다. 교실 안이 술렁거리기 시작했습니다. 친구가 했던 말을 정확하게 기억하지는 못하지만 선생님의 행위가 지나치다고 항의하는 뜻이었습니다.

그 일이 어떻게 끝났는지 전혀 기억이 없지만, 그 후로 그 친구와 저는 친한 사이가 되었고 제 형편을 자세히 알게 된 친구 언니가 저를 부잣집에 가정교사로 소개해 주었습니다. 저는 그 집에 들어가 아이를 돌보며 지내게 되었습니다.

학교를 졸업하고는 바로 유치원에 취업이 되고 거처할 집도 있어 안정을 찾은 듯했지만 그 삶도 몇 년 가지 못하고 고난의 길이 다시 시작되었습니다. 객지에서 어린 자식들 데리고 근근이 살아가던 아버지가 돌아가시어 저는 안정된 고향에서의 삶을 접고 원주로 올라갔습니다. 아버지 그늘에서 집 밖을 모르고 사시던 어머니와 어린 동생들이 객지에 외로운 섬처럼 남았으니까요.

전쟁 후 일자리 구하기도 쉽지 않던 시절, 원주에 올라와 가장 노릇을 했습니다.

그 형편에 저는 대학교를 가겠다고 엉뚱한 꿈을 꾸었던 것입니다.

이화여대는 갈 수 없게 되었지만 그 당시 신설 학교였던 경희대학교에서 여학생에게 반값의 학비 혜택을 주고 학생을 모집한다는 정보를 얻었습니다.

'그래, 또 도전해 보자.'

저는 학교를 찾아갔습니다. 그때 학교 건물은 본관만 완성되어 있었고 건물을 계속 짓느라 깎아 놓은 산은 붉은 속살을 드러내고 있었습니다. 운동장은 쌓인 흙으로 난장판이었습니다.

입학 허가는 받았는데, 후원받은 등록금은 친구가 잠깐 쓰고 돌려주겠다고 빌려가더니 돌려주지 못했습니다. 저는 입학금을 마련하려고 가진 것 가운데 돈이 될 만한 물건을 들고 서울 종로 바닥을 헤매고 다녔습니다. 학교에는 돈을 곧 마련해 오겠다고 약속하고 등록도 하지 않은 채 강의를 들었습니다. 딱하게 여긴 학교 직원은 저를 달랬습니다. 그렇게까지 해서 꼭 학교를 다녀야겠느냐고. 결국 채 한 학기를 견디지 못하고 저는 학업을 포기했습니다. 그리고 결혼을 했습니다. 정말 옛날 이야기네요.

그 시절 종로 바닥을 헤매고 다닐 때, 남의 딱한 처지를 불쌍히 여기는 좋은 사람도 만났지만, 가난한 20대 아가씨가 유혹을 피해 살아가기란 참으로 어렵고 힘든 무서운 세상이라는 것도 알았습니다. 저는 편 들어줄 사람 하나 없는 환경에 무방비 상태로 노출되어 있었습니다. 외롭고 슬픈 세월이었습니다. 저는 강도 만난 사람의 이웃이 되어 살 거라고 스스로를 추스르며 마음의 상처를 견디었습니다. 인생에 또 하나의 높은 산을 넘은 시절이었습니다.

그때의 꿈은 꺾이지 않고 제 안에 작은 씨앗으로 싹틔울 때를 기다리고 있었던가 봅니다. 꽃이 어떻게 필지 짐작도 할 수 없는 세월 동안 책을 동무 삼아 살았을 뿐인데, 예기치 못했던 방법으로 하나님께서는 저에게 기회를 주었습니다. 제가 대학을 나와 어떤 삶을 살았다 한들 지난 20년간 어린이도서관을 운영하면서 사람들과 책으로 마음을 나누고 꿈을 꾸고, 특히 아이들과 눈만 맞추어도 즐거웠던 그 감동을 느낄 수 있었을까 싶습니다. 걸핏하면 꿈자리에 나타나 저를 울리던 대학 다니던 친구들이 도서관을 하면서부터는 다시 나타나지 않았습니다. 더 이상 욕심 없이 지낸 무릉도원 시절이었습니다.

퇴임식 날 알았습니다. 여든 살 고목에 찬란한 꽃이 피고 있었다는 것을.

아직 끝나지 않은 도서관 이야기

20여 년 전 일본 동경으로 도서관 견학을 갔습니다. 가나안작은도서관을 시작한 다음 해였습니다.

사실 일본을 그때 처음 갔습니다. 어린이도서연구회 사무총장으로 있던 전영순 씨의 주선으로 어린이책을 좋아하고 도서관 운동을 하고 있던 몇몇 사람이 함께 다녀온 여행이었습니다. 이때의 경험은 두고두고 생각할 거리를 남겨 주었고, 그후 기회 있을 때마다 일본 서점, 도서관 견학을 갔습니다.

처음 둘러본 곳은 일본의 가정문고였습니다. 가정문고란 1950년대에 일본에 공공도서관이 많지 않았을 때, 퇴직한 교사나 작가들 가운데 몇 명이 자기 집을 개방해서 소규모 도서관처럼 운영한 형태입니다. 남에게 자기 집을 쉽게 보여 주지 않는 일본 사람의 정서로는 대단한 희생이라는 생각이 들었습니다.

가정주부인 츠치야 시케코 씨는 1955년 도쿄 세타가야구에 츠치야문고를, 그 다음 해 쥬오구에는 츠치야 아동문고를 열었습니다. 아동문학가인 이시이 모모코 씨는 1958년 스기나미구에서 가츠라문고를 열었고, 약 10년 뒤인 1967년 마츠오카 교코 씨는 마츠노미문

고를 열었습니다. 이 4개 가정문고가 모태가 되어 1974년 동경어린이
도서관이 탄생했습니다고 합니다.

처음 갔을 때 가이드를 해주신 분은 일본 정부 또한 "정부가 해야
할 일을 당신들이 하니 고맙다."고 하면서 호응해 주었다고 하셨는
데, 후에 확인해 보니 정부에서 구체적으로 무슨 도움을 주지는 못
했던 것 같습니다. 그나마 당시 우리나라 정치인이나 공무원은 도서
관에 대한 인식이나 관심 자체가 아예 없었습니다. 낙심해 있던 우리
일행은 "그러니까 우리가 힘냅시다." 하며 서로를 다독였습니다.

가정문고 어머니들의 열정과 협동심도 감동적이었습니다.

1998년 일본 방문 때입니다. 고 변기자 선생님(재일조선인 2세로 동
화작가, 번역가입니다. 권정생 작품을 일본에 여러 권 번역해 소개했습니다)이
공항에 마중을 나왔습니다. 선생님을 따라 도쿄 세타가야구에 있는
이와사키 교코(岩崎京子) 선생님의 이와사키 가정문고에 갔습니다.
우리 일행이 골목길에 들어서자 한 무리의 부인들이 앞치마를 입고
길가에 서 있는 모습이 눈에 들어왔습니다. 변기자 선생님이 손을
흔들며 인사를 하자 그 부인들이 활짝 웃으며 우리에게 다가와 인사
를 합니다.

우리를 맞이해 준 어머니들은 이와사키 선생님을 도와 문고를 함
께 운영하는 자원봉사자들이었습니다. 안내 받아 들어간 이와사키
선생님의 집은 그리 넓지는 않았지만 마당에 나무가 많은 아담한 집
이었습니다. 방 안에는 우리를 위한 밥상이 정갈하게 차려져 있었습
니다. 그림책 작가인 이와사키 선생님은 칠십을 훨씬 넘어 보였습니

다. 자기 집을 개방하여 인세 수입으로 문고를 운영하고 있었습니다.

마을 어머니들은 자기 마을에 이런 가정문고가 있어 자랑스럽다고 했습니다. 어느 어머니는 자기가 어렸을 적부터 이 문고를 다니기 시작해서 지금은 자기 딸이 이 문고에서 자라고 있다고 자랑스럽게 말했습니다. 문고를 사랑하는 마음이 남달랐습니다. 남편이 다른 지역으로 직장을 옮기게 되었을 때도 차마 떠날 수가 없어서 문고와 남편의 직장 중간 지점에 있는 마을로 이사를 하기도 했답니다.

봉사자들은 아이들에게 이야기를 해주거나 책을 읽어줄 때 필요한 소품도 손수 만들어 쓰고 있었습니다. 하나만 소개할까요? 한 봉사자가 우리에게 손수 만든 인형을 들고 〈빨간 모자〉 옛이야기를 들려주었습니다. 주인공 아가씨인 빨간 모자 캐릭터 인형이었습니다. 그런데 인형 하나로 이야기를 따라 할머니로, 늑대로도 변신하는 거예요. 치마를 홀랑 뒤집으면 늑대가 나오고, 치마를 또 홀랑 뒤집으면 할머니가 나왔습니다. 신기했습니다. 그러니 아이들이 이야기를 얼마나 집중해서 재미나게 들었을까요?

도서관의 모든 자료도 일일이 수기로 기록하고 있었습니다. 2009년 7월, 마지막으로 찾아갔을 때도 이와사키 가정문고의 운영 시스템은 변하지 않았습니다. 현재까지 일본에는 이러한 가정 문고가 500여 개가 있다는데, 개관 후 한 세대가 지난 지금에도 여전히 잘 운영되고 있는지 궁금합니다.

4개 가정문고에서 시작된 동경어린이도서관은 1997년에 와서야 지하 1층 지상 2층의 벽돌 구조건물을 갖게 되었습니다. 하지만 처음 결심은 변하지 않았습니다. 한 사람이라도 더 많은 사람들이 책 속에서 즐거운 일과 신기한 일을 체험하고 보다 좋은 사람을 만나 깊은 생각을 접하게 되기 바란다고 합니다. 어린이 시절에 차곡차곡 행복을 쌓아 올려 성장하는 것처럼 아이들이 그렇게 살 수 있도록 도와주는 일을 하는 것이 도서관, 즉 자기들 일이라고 말합니다. 동경 어린이도서관은 지금도 모든 자료를 수기로 기록하고 있습니다. 책을 빌리러 오는 어린이 한 명 한 명과 눈을 마주하며 관심을 표하고 싶은 마음에서라고 합니다. 일본의 자료 수집, 정리, 보관 시스템은 참 철저한 것 같습니다.

우에노 공원에 있는 국제어린이도서관에도 갔습니다. 어린이도서관은 증축 중이어서 열람실만 대충 둘러본 기억이 남았습니다. 서가를 둘러보던 중 한국 어린이책 코너가 가장 높은 곳에 배치되어 있는 걸 발견했습니다. 거기에는 오래되고 낡은 책들, 지금은 보관서고에나 있음직 한 책들이 두 칸 정도 꽂혀 있었습니다. 우리 어린이책 시장이 활발하게 좋은 책들을 출판하고 있었던 90년대 후반이었으니까 어서어서 우리 책들이 저기 꽂히기를 바라면서 돌아왔습니다.

이제는 우리나라에도 어린이가 주인으로 존중 받는 도서관이 여기저기 생겨나고 있습니다. '도서관' 하면 '존엄성'이란 단어가 먼저 떠오른다는 박영숙 관장이 운영하는 '용인 수지 느티나무도서관' 같은 곳을 다녀오면 저는 자랑스럽고 기분이 좋습니다.

국제어린이도서관을 방문한 날 마침 본관에서 저녁 프로그램이 있어 신청을 했습니다. 이미 마감이 되었다고 하는데, 멀리서 온 우리를 배려해 주어서 입석으로 허락을 받았습니다.

프로그램은 '어른을 위한 옛이야기 들려주기'였습니다. 만 원 정도의 입장료도 있습니다. 서둘러 저녁을 먹고 행사장에 도착했을 때는 200석쯤 되어 보이는 자리가 빈자리 없이 꽉 찼습니다. 시간이 되자 불이 꺼졌습니다. 이야기를 들려주는 사람에게만 희미한 조명등을 내리비쳤습니다. 방 안은 칠흑같이 어두웠고 쥐 죽은 듯이 고요했습니다.

이야기를 시작한 사람은 젊은 여성이었습니다. 몸동작 없이 조용한 목소리로 또박또박 이야기를 들려주었습니다. 어둠을 타고 퍼져나가는 이야기는 우리 마음에 들어와 자유롭게 상상의 날개를 펴고 시공간을 넘나드는 듯했습니다. 무한대의 공상의 세계로 우리를 데리고 다녔습니다. 돈을 내고 옛이야기를 듣기 위해 사람들이 모인다니 놀라웠습니다. 우리나라에서는 이미 사라진 사랑방 이야기 문화가 다른 형태로 되살아난 듯했습니다.

저는 기쁜어린이도서관으로 돌아와서 앞치마를 만들었습니다. 도서관 직원들은 출근하면 앞치마를 입습니다. 봉사자들도 입습니다. 행사가 있을 때는 모든 스태프들도 앞치마를 입습니다. 우리 도서관에서 직원들과 봉사자들이 앞치마를 입는 것은 이용자들에게 친절한 서비스를 제공하고 그들을 존중한다는 마음을 나타내는 것입니다. 저는 이와사키 문고 가족들에게서 그걸 배웠습니다. 마음을 행위에 담아 표현하는 것이 얼마나 중요한지를 깨달은 경험이었습니다.

아이들과 이야기를 할 때는 눈을 맞추고 합니다. 어린 아기들은 무릎에 앉히고 책을 읽어 줍니다. '내가 너를 귀히 여기고 사랑한다.'는 무언의 대화입니다.

가나안어린이도서관에서 시작해 기쁜어린이도서관, 더기쁜어린이도서관까지 이른 뒤 이제 저는 도서관장 직을 내려놓고 또 다른 생각을 실천에 옮기려 하고 있습니다.

우리 마을에 새터민이 모여 사는 아파트가 있습니다. 그 아파트 단지 안에 있는 노인정 옆에 열 평 남짓한 방이 있습니다. 마을의 젊은 목사가 그 방을 작은 도서관으로 꾸미고 있습니다. 그 목사를 도와 거기서 봉사하려고 합니다. 우선 제가 가지고 있는 책들을 그 방으로 옮겨 놓을 생각입니다. 누구나 편하게 와서 책 읽으며 쉬었다 갈 수 있게 쉼터를 만들어 볼까 합니다. 책과 차와 음악이 준비된 공간에서 누군가 자기를 기다리고 있다고 생각해 보십시오. 한번 가 보고 싶지 않겠어요?

우리에게 책을 읽으라고 말씀하시던 아버지. 병중에 계실 때는 책 읽어 드리는 걸 좋아하셨다는 우리 아버지, 아버지의 딸은 아버지의 마음을 제 마음에 담아 그렇게 살고 있습니다. 아버지와 헤어져 살고 있던 저는 아버지 임종을 지켜드리지 못한 죄책감 때문에 평생을 괴로워합니다. 그 아픔을 이제는 용서받고 싶습니다.

고향을 떠나온 많은 새터민들은 생활고와 외로움으로 힘들게 살고 있습니다. 무엇보다 한 민족이면서도 너무 다른 문화 속에서 충격을 겪고 있기도 합니다. 도서관에서 봉사하면서 그들의 이웃으로, 친구로 남은 삶을 살려고 합니다. 지켜봐 주세요, 아버지!

2

도서관
사람들

도서관은 살아 숨쉬는 유기체

1.

2014년 5월 어느 날, 도서관에서 거래하는 인쇄소 사장인 김연숙 여사가 찾아왔습니다.

"제가 인쇄소 일을 그만두게 되었습니다. 저, 직업을 바꿔 보려고 해요."

"어머, 왜요?"

일 잘하시고 생각하는 방향도 잘 맞아 좋아했던 분이었기 때문에 당황스러웠습니다.

"저, 사실은 관장님 뵐 때마다 저도 노년의 삶을 생각해 왔습니다."

"………"

"부럽고 아름다워 보였거든요."

"부끄럽습니다. 어쨌거나 사장님 떠나시면 저는 서운한데요."

그로부터 1년이 지난 2015년 6월, 김연숙 여사가 드디어 새로운 일터에 출근했다는 전화가 왔습니다. 서울 '역삼 푸른솔도서관' 관장으로 가게 된 것입니다.

"축하합니다. 그런데 사장님은 어떻게 도서관 일을 하게 되었나요?"

그녀는 대학에서 도서관학을 전공했고 사서자격증까지 가지고 있다고 말했습니다.

"그러셨군요. 곧 도서관으로 찾아가 뵐게요, 김연숙 관장님!"

끊임없이 꿈꾸는 사람, 참 아름답습니다.

어떤가요. 누군가가 저를 보고 새로운 꿈을 꾸었다면 저의 존재 가치가 충분한 거죠? 또 다른 김연숙 여사가 계속해서 나오길 기대하며, 멀리 향기를 풍기는 꽃처럼 이 자리에 오래 머물고 싶습니다. 아니, 어디서 무엇을 하든 희망을 이야기하며 살겠습니다.

2.

나이가 꽤 들어 보이는 부인이 조그만 사내아이를 데리고 도서관에 왔습니다. 낯선 얼굴이었습니다.

"여기 처음 오셨나 봐요?"

"네, 올해 아이가 교회 부설 기쁜어린이집에 들어갔어요. 거기서 도서관이 있는 걸 알았어요."

"아, 그러셨군요. 반갑습니다."

저는 무릎을 접고 처음 보는 아이와 눈을 맞추며 물었습니다.

"난 도서관 할머닌데, 네 이름은 뭐니?"

"무원이."

"몇 살?"

"일곱 살⋯⋯."

일곱 살이라고는 하지만 다섯 살쯤 돼 보이는 아주 작은 아이였습니다.

도서관에 처음 오는 대부분의 아이들이 그렇듯 무원이도 이리 뛰고 저리 뛰며 완전 흥분했습니다. 그러면서 잠시도 쉬지 않고 말을 이어 갔습니다.

아이를 데리고 온 부인은 엄마인지 할머니인지 짐작이 어려웠습니다. 어떻게 불러야 할지 잠깐 혼란을 느끼고 있는데 부인은 작은 소리로 저에게 아이를 소개해 주었습니다.

"무원이는 공룡을 좋아해요. 공룡 박사예요."

나는 공룡 책을 몇 권 찾아서, 뛰어다니는 무원에게 갔습니다.

"무원아, 우리 공룡 책 같이 읽을까?"

고개를 획 돌려 바라보는 아이 눈이 순간 저를 꿰뚫어보며 반짝거렸습니다.

무원이 손을 잡고 다락방 올라가는 층계에 가서 앉았습니다. 햇볕이 들어와 따뜻하고 밝았습니다.

"무원이가 이 책 할머니 읽어 줄래?"

"나 글자 못 읽어. 그림으로 읽어 줄게."

그림으로 책을 읽어 준다는 말이 참 신선하고 반가웠습니다.

아이가 책장을 넘기며 초고속으로 공룡 이름을 읊는데 미처 알아들을 수가 없었습니다.

초식 공룡 !@$^^* 육식 공룡 *$%^#@, 잡식 공룡 &*()$%&@# ⋯

무원이가 두 번째 책의 마지막 쪽을 넘기자, 저는 무심한 척 혼자 중얼거렸습니다.

"무원이는 누구랑 도서관에 왔을까?"

"엄마랑 왔어."

예상했던 대로 아이는 빠르게 대답했습니다.

무원이 눈을 깊이 들여다보며 물었습니다.

"아빠는?"

이때 아이는 묻지도 않은 말을 하기 시작했습니다.

"우리 아빠는 한국 사람, 엄마는 중국 사람, 나는 한국 중국 사람, 4월 23일에 중국 가."

"그래? 좋겠네, 무원이 중국말 할 줄 알아?"

"응."

무원이가 중국말을 시작하자, 책 읽는 것을 같이 듣던 둘레 아이들이 호기심 어린 눈으로 바라봅니다. 한국말은 거의 완벽하게 하는데 중국말은 쉬운 말만 했습니다.

다음 날, 토요일은 어린이집이 쉬는 날인데 무원이와 엄마가 도서관을 다시 찾았습니다. 문을 열고 들어서는 무원이 엄마의 빨간색 버버리 코트가 큰 키에 잘 어울렸습니다.

"무원아, 오늘은 4시까지만 있다가 돌아가야 한다."

들어서면서 엄마는 아들에게 다짐했습니다. 그리고 나에게는 아이가 도서관을 좋아해서 또 왔다고 말했습니다.

무원이는 책을 골라 들고 만화방으로 들어갔습니다. 엄마는 어른을 위한 열람 공간 쪽 창가에 앉아 조용히 책을 펼치고 읽기 시작합니다. 중국어 성경책이었습니다.

창가 책상에서 일을 하던 저도 자리로 돌아와 자연스럽게 이야기를 나누게 되었습니다.

"무원이는 자기 생각을 거침없이 표현하고 자신감이 넘치는 아이더군요."

무원이 엄마는 살짝 웃으며 지긋이 저를 바라보기만 했습니다.

"어제 무원이랑 재밌게 책 읽고 가족 이야기도 들었어요."

조용한 성품의 부인은 사람을 편하게 하는 자연스러움이 느껴졌습니다.

"커피 한잔 드릴까요?"

"아, 고맙습니다. 그렇잖아도 일층 커피숍으로 사러 갈 참이었어요."

커피를 받아 든 그녀는 주머니에서 초콜릿 하나를 꺼내 저에게 내밀었습니다.

그녀는 옛 동무를 만난 것처럼 자기 이야기를 술술 하기 시작했습니다.

9년 전에 만난 남편은 건축 자재 사업을 하는 사람이고 아이를 위해서 일 년에 한 번 중국 친정집에 간다는 얘기. 그리고 지금 교회를 다니고 있다고 했습니다.

그 후로 무원이와 무원이 엄마는 날마다 도서관에 옵니다. 낯선 외국 생활을 하던 이들 모자에게 도서관은 즐거운 놀이터, 배움터이며 편안한 쉼터랍니다. 도서관은 책을 매개로 사람과 사람의 마음을 연결해 주는 건강한 생명체와도 같구나, 생각했습니다.

3.

다엘이는 여섯 살, 키 작은 여자아이입니다. 정말 꼬마예요. 누가 그 아이를 여섯 살이라 할까 싶습니다. 그러나 얼굴을 자세히 들여다보면 그 눈빛이 예사롭지 않은 걸 금방 눈치챌 수 있습니다. 제 나이보다 더 철든 아이 같은 눈빛입니다.

다엘이는 엄마하고 도서관에 옵니다. 서가에서 책을 뽑아 자리잡고 앉으면 몇 시간이고 그 자리에서 꼼짝 않고 책을 읽습니다. 아이들이 뛰어다니며 소란을 피워도 눈길 한 번 주지 않습니다. 엄마가 셋째 아기를 낳은 뒤로는 혼자 도서관에 옵니다. 그래도 다엘이는 아빠가 데리러 올 때까지 그 자리에 꼼짝 않고 앉아 책을 읽습니다.

점심 먹을 시간이 지났습니다. 걱정이 되어 작은 과일 접시를 두 개 들고 다엘이 곁으로 갔습니다. 알레르기가 심한 다엘이 얼굴에 요즘 부쩍 상처가 많이 번졌습니다. 아무거나 먹일 수는 없어요.

"다엘아, 점심 먹었니?"

제가 물어도 다엘이는 책에서 눈을 떼지 않은 채 입술만 움직입니다. 무슨 말을 하는지 알아들을 수가 없습니다. 과일 접시를 다엘이 눈앞에 바짝 대고 물었습니다.

"다엘이 과일 먹을래?"

그때 얼굴을 번쩍 들고 아이가 저를 바라봅니다.

"방울토마토랑 포도야. 어느 것 먹을래?"

다엘이는 토마토 접시를 손가락으로 가리키고는 다시 책으로 눈을 가져갑니다. 저는 토마토를 한 개씩 다엘이 입에 넣어 주었습니다. 다엘이는 책을 읽으며 한 접시를 다 받아먹었습니다.

"포도도 줄까?"

고개만 끄덕입니다. 포도 알이 다 없어질 때까지 아이 입에 넣어 주었습니다.

다엘이는 집으로 돌아갈 때, 빌려갈 책을 직접 골라 왔습니다. 엄마 아빠도 다엘이가 스스로 고르도록 대출카드를 아이에게 맡겼습니다. 자기 일을 스스로 잘하니까요. 대출 창구 앞에 서면 겨우 머리만 보이는 다엘이는 골라온 책과 대출카드를 책상에 올려놓으며 또박또박 분명하게 말합니다.

"이 책 빌려주세요."

가끔은 다엘이가 읽고 있는 책 이야기를 같이 할 때가 있습니다. 다엘이는 책 이야기를 할 때 약간 찡그린 얼굴로 진지하게 자기 생각을 말합니다.

"그리스 로마 신화 읽는구나!"

"어렵긴 해도 재밌어요. '상자 속의 아기' 얘기 해줄까요?"

"그래, 재밌겠다."

우리는 머리를 맞대고 책장을 들여다봅니다. 그럴 때 우리는 동갑 내기 친구가 됩니다.

도서관에서는 아이 하나하나 눈여겨 살피는 일이 중요합니다. 이 구석 저 구석 다니며 아이들에게 말 걸기를 합니다. 먼저 손을 내밉니다.

아직은 엄마 손이 필요한데 미처 돌봄을 받지 못하는 아이가 있을 때 도서관은 아이의 친구가 되고 때로는 엄마, 할머니 역할을 해주기도 합니다. 사립 작은도서관이라서 가능한 봉사입니다. 아이들이 혼자서도 쉽게 찾아갈 수 있는 10분 거리마다 이런 작은 마을 도서관이 생기면 좋겠습니다. 일본 가정문고처럼 퇴직한 할머니 할아버지가 자기 집을 개방해서 아이들에게 짬짬이 책 읽어 주고 놀아 주면 더없이 좋겠습니다. 종교단체에서도 도서관을 운영한다면 10분 거리마다 도서관이 생기지 않겠어요? 그런 꿈을 꾸어 봅니다.

재미있어! 여긴 놀이터 같아

도서관에 오면 꼭 제 주위를 맴돌던 꼬마 친구가 있었습니다. 그 아이는 엄마 아빠가 직장에 다니기 때문에 많은 시간을 할머니 손에 돌봄을 받습니다. 그래서일까요? 아이는 도서관 할머니도 자기 할머니처럼 편안한가 봅니다. 아이 할머니가 아이를 도서관에 데려다 주고 데려갔기 때문에 저는 아이 할머니와도 반갑게 인사를 나누는 사이였습니다.

어느 날, 학원 차에서 내려 길을 건너려던 이 아이를 뒤따르던 차가 앞지르기하면서 치고 말았습니다. 아이는 현장에서 다시는 만날 수 없는 곳으로 떠나고 말았습니다. 아이를 친 사람은 20대 젊은이였습니다. 왜 그 젊은이는 잠깐을 멈추지 못하고 달려야 했는지, 저는 한국 사람의 특징이 되어 버린 '빨리빨리'가 부른 참사를 통분히 여겼습니다.

저와 아이의 또래 친구들은 아이가 많이 그리웠습니다. 해마다 여는 도서관의 가을 행사 '시와 노래의 밤'을 그해는 그 아이를 기억하는 주제로 하고 싶었습니다. 아이 할머니께 도서관의 생각을 상의 드렸습니다.

"네, 며칠 말미를 주십시오. 생각해 보겠습니다."

며칠 후 할머니는 찾아오지도 못하고 전화만 했습니다. 아직은 슬픔을 감당할 수 없다고 거절했습니다. 아이가 떠난 후 할머니는 다시는 도서관에 오지 않습니다.

이 사건은 지역을 발칵 뒤집어 놓았습니다. 관내 경찰서와 교육과 관련된 지원청에서는 학교, 학원, 유치원, 어린이집 등 시설의 장들과 버스기사들에게 안전교육을 한층 강화하고 있습니다. 그러나 학부모들과 어린이들, 아니 모든 시민들이 도로교통법규를 철저히 지켜야 할 것입니다. 앞으로 어린이가 한 명이라도 더 억울하게, 허망하게 죽는 일이 없도록 애쓸 것이지만, 다시는 우리 곁으로 돌아올 수 없는 그 아이가 보고 싶어 마음이 아픕니다.

호빈이도 생각나요. 많이 미안합니다.

여섯 살 때 호빈이가 엄마를 따라 도서관에 처음 들어오던 날, 폭신한 안락의자로 올라가 팔딱팔딱 개구리처럼 뛰었습니다. 기차 서가 굴 속으로 들어갔다 나오면서는 완전히 흥분했습니다. 또래보다 갑절은 더 큰 몸을 이리저리 굴리며 신이 났습니다. 호빈이 엄마는 놀라고 당황했어요.

"호빈아, 여긴 도서관이야."

저도 가만가만 호빈이 곁으로 갔습니다.

"호빈아, 친구들이 조용히 책을 읽고 있네?"

"너무 재미있어. 여긴 놀이터 같아. 근데 이런 걸 왜 만들었어?"

아! 한방 얻어맞은 느낌이었습니다. 맞아, 재미있으라고 설치해 놓고는 즐겁게 놀지 못하게 해야 하다니……. 생각지 못했던 행복한 고민거리가 생겼습니다.

호빈이네 가족은 할머니, 아버지 어머니 그리고 호빈이와 여동생 원빈이까지 다섯 식구가 주말마다 같이 옵니다. 거의 빠지는 날이 없습니다. 원빈이는 도서관에 오면 몸 어딘가에서 뾰루지를 찾아 반창고를 붙여 달라며 들이밀곤 합니다. 언젠가 도서관에서 놀다 쪼그만 상처가 난 걸 치료해 준 일이 있거든요. 돌아갈 때는 가방 두 개에 책을 가득 담아 가지고 갑니다. 가족 모두 도서관 나들이를 무척 즐거워하는 표정이에요. 호빈이 할머니까지 모퉁이에 숨어 책을 읽느라 보이지 않습니다.

호빈이는 이제 도서관에서 그리 뛰지 않습니다. 뛰어노는 즐거움도 있지만 책 읽는 즐거움도 있다는 걸 알게 되었으니까요. 도서관 할머니 말도 잘 들어주는 친구가 되었습니다.

훌쩍 자란 호빈이! 도서관 밖에서 할머니를 만나면 펄쩍 뛰며 달려오는 호빈이를 꼬옥 안아 주는 할머니 가슴도 수줍게 콩콩콩 뜁니다.

놀이와 노래 그리고 아이들 - 편해문 선생님

어릴 적 우리 집은 광주를 관통하는 1번 국도변, 동구 남동에 있었습니다. 저는 해방 후 몇 년이 지나도록 노래를 부르며 한 길가에 나가 목이 터져라 노래를 부르며 해가 지도록 놀았습니다.

아메 아메 후레 후레 오카상가 (비야 비야 내려 내려 엄마가)
쟈노메데 오무카에 우레시이나 (우산 쓰고 마중 오니 기쁘구나)
피치 피치 챠푸 챠푸 란란란 (팔랑 팔랑 참방 참방 랄랄라)

해방 후, 초등학교에 들어갔던 제가 어디서 그 노래를 배웠는지, 아마 놀면서 놀이를 통해 자연스럽게 터득한 것 같습니다. 여든 살이넘은 제가 어떻게 그 노래를 지금껏 기억할 수 있는지도 놀랍습니다.

아이들 노래 소리는 해가 져도 그치지 않았습니다. 이집 저집에서 저녁밥 먹으라고 부르는 어머니 소리가 들리면 그때서야 아이들은 우루루루 감쪽같이 사라졌습니다.

길에 차가 많지 않던 시절 한길은 아이들의 놀이터였습니다. 아이들은 길에서 놀면서 자랐습니다. 아이들은 놀면서 세상 사는 법, 동무들과 어떻게 지내야 하는지도 알아 갔습니다. 학교에서 배운 지식들은 다 기억 못해도 동무들과 놀던 일들은 지금도 아름다운 추억으로 마음에 오롯이 남아 있습니다. 동무의 얼굴과 함께.

숨바꼭질, 줄넘기놀이, 셋셋세(손뼉치기놀이), 고무줄놀이, 술래잡기놀이, 오자미놀이, 땅따먹기, 대문놀이, 꼬리잡기, 공기놀이를 하며 놀았습니다. 오빠들하고 놀았던 딱지 따먹기, 자치기, 팽이치기, 구슬따먹기, 제기차기도 재미있었습니다. 값비싼 장난감이 없었어도 주위에 있는 자연이 우리의 장난감이 되었습니다. 학교 오가는 길에도 우리는 놀이를 했습니다. 가위 바위 보 하며 아카시아 꽃송이 따먹기 등.

길 위에 짙은 어둠이 내려앉고 사방이 조용해지면 이제는 별 아기들이 하늘과 땅을 오르내리며 밤새 숨바꼭질을 합니다. 아름다운 고향 풍경입니다.

도서관에 들어와서도 넘치는 힘을 주체할 수 없어 몸이 뒤틀리고 몸살이 나는 아이들이 있습니다. 이런 아이들은 입을 쑥 내밀고 심심하다고 툴툴대며 안절부절 못합니다. 그래서 토요일이나 일요일이면 학교 운동장이나 들판에 데리고 나가 놀이마당을 펴 주었습니다. 몸 부대끼며 땀 뻘뻘 흘리며 놀도록 해보십시오. 이럴 때 아이들의 얼굴이 얼마나 빛나며 싱싱한지요.

아이들은 물, 불, 바람, 흙 속에서 비로소 해방감을 느껴야 한다는 것이다. 진정한 놀이는 아주 오랜 옛날부터 있었던 것들과의 원시적인 만남 그 자체임을 잊지 말아야 한다. 집을 떠나 추위, 더위, 비바람을 맞서 보아야 한다.

나는 안다. 이런 것들 속에 아이들이 가장 만나고 싶고 놀고 싶어 하는 놀이가 가득 숨어 있다는 것을. 이렇게 잘 놀아본 아이라야 행복을 찾아 나설 힘이 있다는 것을.

그래서 우리는 아이들에게 놀이를 만나게 해주어야 한다. 왜냐하면 오로지 아이들은 놀기 위해 이 세상에 왔기 때문이다.

자, 놀자! *

1998년 가나안어린이도서관 학부모 강좌에 편해문 선생님을 처음 모셨습니다. 편해문 선생님을 알게 된 것은 어린이도서연구회를 통해였습니다. 제가 기쁜어린이도서관으로 옮겨온 후 2011년까지 여름·겨울 방학 때면 늘 편해문 선생님을 모시고 아이들 데리고 재밌게 놀았습니다.

몇 차례 아이들을 데리고 캠프를 해주시던 선생님이 2011년 겨울 캠프 때 방법을 바꾸었습니다. 어머니들에게 먼저 워크숍을 해줄 테니 배워서 직접 해보라면서, 캠프 전날 일부러 와서 워크숍을 해 주었습니다. 전래놀이 지도는 전문가만 할 수 있다고 알았던 우리에게 누구라도 놀이를 할 수 있는 적극적인 방법을 가르쳐 주신 것입니다.

---

* 편해문, 《아이들은 놀기 위해 세상에 온다》(소나무, 2007), 290~291쪽

그 후로 도서관에서는 놀이 도구를 장만했습니다. 이제 언제라도 우리끼리 전래놀이 마당을 펼칠 수 있게 되었습니다.

지난 2014년 독일인 '놀이터 디자이너' 귄터 벨치히 씨를 만난 편해문 선생님은 아이들에게 새로운 놀이터를 만들어 주러 다니느라 바쁘게 지내고 있습니다. 순천 기적의도서관에 편해문 선생님이 새로 꾸민 아이들의 놀이터가 있다는데, 꼭 가 보고 싶습니다. 우리 동네 더기쁜어린이도서관에도 선생님이 만들어 주는 놀이터가 있으면 얼마나 좋을까요.

과잉보호 받는 요즘 아이들, 뭐든 엄마에게 물어보겠다고 대답하는 아이들이 안타까울 때가 있습니다. 약간의 위험부담을 안고 놀 수 있는 용기, 스스로 선택하고 제어할 수 있는 기회의 놀이 환경을 만들어 주고 싶습니다. 언젠가는 세상에 나가 자기 삶을 스스로 살아 내야 할 테니까요. 아이들은 풍부한 경험을 통해 더 단단해지면서 삶의 지혜를 배우지 않겠어요?

선뜻 동무가 되어 준 곽정란 선생님

하늘에 계신 곽정란 선생님 보세요.

지난 초여름 선생님 딸 서연이가 아버지를 모시고 다녀갔습니다. 서연이 아들인 선생님 외손자 시연이는 집에 두고 와서 사진으로만 만났습니다. 갓 돌 지난 아이가 마치 두 돌은 된 아이 같았습니다. 잘 먹고 잘 자고 잘 논다고, 엄마가 보내 준 선물인가 보다 하며 서연이는 해맑게 웃더라고요. 저도 시집살이 해보았고 딸을 둘씩이나 시집 보낸 어미라 갓 시집간 여자에게 친정어머니가 어떤 의미인지 잘 알지요.

제가 선생님만은 못하겠지만 가끔 소식이라도 주고받으면 서연이에게 의지가 되겠지 생각합니다. 서연이가 우리 집에 다녀간 후 아기 그림책 몇 권 챙겨 보냈더니 고맙다는 문자가 왔습니다. 그림이며 글이 어찌나 귀여운지 자기가 막 깔깔 웃으며 읽었대요.

선생님, 서연이 기르실 때 아이에게 책 읽어 주고 가족신문도 만들고, 《내 아이가 책을 좋아하게 하려면》(차림, 2004)라는 책을 출간해서 저에게도 보내 주셨지요. 그렇게 자란 서연이가 결혼하고 아기를 낳은 뒤 저희 집에 와서 자기 아이에게 읽어 줄 책을 추천해 달라 한 겁니다. 그때 서연이를 보면서 왠지 가슴 한구석이 찡했습니다.

'에구, 엄마가 얼마나 그리웠을까?'

책 이야기를 하니까 저도 선생님이 많이 보고 싶습니다. 제가 어린이도서연구회 신입회원으로 있을 때 저에게 처음 책을 선물하신 분이 선생님이셨거든요. 《아름다운 삶, 사랑 그리고 마무리》(헬렌 니어링, 보리, 1997)였습니다.

지하철이 송탄까지 연결되지 않았던 1996년, 저는 버스를 타고 주 1회 어린이도서연구회 회원모임에 다녔습니다. 제 나이 육십을 넘겼을 때인데 편도 세 시간쯤 걸리는 곳을 힘드는 줄 모르고 즐겁게 다녔습니다. 그때 선생님이 어린이도서연구회 사무총장이셨지요.

하루는 모임이 끝나고 돌아오는데 지하철 입구까지 따라오신 적이 있어요. 어린이도서연구회는 비원 앞 동원빌딩 4층에 있었고 승강기 시설도 없는데다 옛날 건물이라 계단 층간이 높았습니다. 육십 노인이 안쓰러웠나 봐요. 지하철 입구에서 헤어질 때 선생님은 저에게 종이봉투를 주셨습니다.

"편지예요. 먼 길 가는 길에 심심하실 테니 읽어 보세요."

봉투 안에 시 한 편과 격려의 말을 쓴 손글씨 편지가 들어 있었습니다. 저는 가슴이 뜨거워졌습니다. 그뒤로 선생님은 매번 지하철 입구까지 따라 나오셨지요. 지금 다시 그 편지를 찾아 읽습니다. 편지 받은 날짜가 '98년 3월 28일'입니다.

제가 처음 꾸렸던 가나안어린이도서관의 학부모 강좌 커리큘럼 가운데 선생님의 어린이책 이야기와 육아법이 있었는데, 학부모들 반응이 참 좋았습니다. 어린이와 어머니가 함께한 가나안어린이도서관 첫 모꼬지에도 선생님을 모셨지요. 그때 선생님은 옛날이야기 그림책《호랑이와 팥죽할머니》를 슬라이드로 보여 주었습니다. 우리는 그림책을 슬라이드로 처음 보았고 더구나 아이들이 좋아하는 이야기여서 완전 흥분했습니다. 도서관 사람들은 그때의 기억을 오래 간직했습니다.

그 인연으로 저는 선생님을 자주 만나게 되었고, 선생님과는 어린이문학과 도서관 운영에 대한 일들을 여쭙고 배우는 스승이자 동무가 되었습니다. 그 덕에 저는 감히 도서관을 운영할 수 있었습니다.

2012년, 추위가 아직은 몸속으로 파고드는 이른 봄, 선생님의 초대를 받고 집으로 찾아갔을 때, 선생님 댁에는 손님을 위한 밥상이 차려져 있었습니다. 꽃밭같이 예쁜 음식들이었습니다. 선생님은 우리를 위해 간병인의 손길을 통해 정성껏 만찬을 준비하셨던 겁니다. 온몸이 퉁퉁 부어 있었는데도 말이지요.

"어제 투석하고 왔는데 오늘 다시 이렇게 부었네."

남 얘기하듯 웃으며 말씀하시는 선생님 표정이 참 맑았습니다. 소복하게 부은 발을 내려다보며 양말도 혼자 신을 수 없기 때문에 남편이 늘 곁에 있는데 오늘은 하루 휴가를 드렸노라고 하시며 또 웃었습니다. 선생님은 휠체어에 앉아 있었습니다.

차려진 점심을 다 먹고 나자 선생님은 싱크대 앞에 가 셨습니다.

"제가 커피 내려 드릴게요."

이별의 순간을 커피 향으로 나누고 싶었던 선생님……. 선생님은 늘 최선을 다하는 모습을 보여 주었습니다. 같이 간 동무들과 저는 휠체어 둘레에 앉아 선생님이 내려 주신 커피를 마시며 이야기를 들었습니다. 암 재발 원인과 투병 생활, 그리고 현재의 몸 상태를 자상하게 들려주는 선생님 목소리는 전혀 감정이 섞이지 않은 듯 담담하고 차분하기만 했습니다. 그래도, 남편이 걱정된다고 하실 때는 얼굴에 쓸쓸한 그림자가 스쳐 지나갔습니다. 육체는 병 깊어 고통스럽고 목숨은 스러져 가는데 유쾌하고 평온한 모습으로 속마음 털어놓으시던 모습, 오래오래 간직할 겁니다.

선생님은 그날도 손수 쓴 편지를 주셨습니다. 1998년 3월 28일에 처음 편지를 받았고, 2012년 3월 28일에 마지막 편지를 받았습니다. (우리는 그 사이 참 많은 편지를 주고받았네요.) 그리고 한 달 열흘 뒤, 5월 7일 선생님은 하늘나라로 떠나셨습니다.

어린이문학을 사랑하고 도서관 일을 감당하도록 저를 이끌어 주신 선생님은 떠나셨지만, 선생님! 가파른 층계를 오르내리는 노인이 안쓰러워 용기를 주셨던 선생님 마음으로 저도 힘들게 세상을 살아가는 동무들의 손을 잡아 주며 이 자리에 늘 있을 겁니다. 선생님은 생시처럼 환하게 웃는 얼굴로 늘 마음속에 살아 계십니다.

권정생 선생님

저는 열 살 때 예수를 처음 만났습니다. 한국전쟁 때 헤어진 큰오빠의 손을 잡고 따라간 교회, 그해 여름성경학교에서 《천로역정》이야기를 들었습니다. 이 책의 주인공 기독도가 자기 짐을 지고 천성을 향해 가는 여정이 인상 깊었습니다.

그 후, 주일학교에서 듣던 예수 이야기에 매력을 느꼈습니다. 기독도가 천성을 향해 가듯, 기독교인은 세상에 오신 예수의 삶을 따라 사는 사람들이라고 배웠습니다.

1989년, 그 당시 구독하고 있던 《새가정》이라는 잡지에 《하느님이 우리 옆집에 살고 있네요》가 연재되고 있었습니다. 1991년 12월에 연재가 끝날 때까지 회를 거듭할수록 재미있어지는 이야기에 푹 빠져 《새가정》을 달마다 손꼽아 기다렸던 기억이 납니다. 높은 곳에서 우리 인간을 심판하고 경외받기에 합당하신 하나님이 이 땅에 내려와 우리 곁에서 함께 사신다니요. 더구나 우리와 똑같은 몸을 가진 사람으로 말입니다. 칼빈주의를 기초로 한 교파 장로교회에서 자란 저에게 선생님의 책 《하느님이 우리 옆집에 살고 있네요》는 큰 충격이었습니다. 신격이 땅에 떨어지기라도 한 듯이요.

그러나 이야기가 계속되면서 두려웠던 하나님이 마음씨 좋은 이웃 할아버지로 저에게 가까이 왔습니다. 죄의식과 두려움으로부터 저를 해방시켜 주신 사랑의 아버지. 우리와 다르지 않은 마음 약하신 하나님이 왠지 편했습니다. 팔십 평생 살아가면서 수없이 넘어지고 죄를 지으면서도 하나님으로부터 도망가지 아니하고 그분 앞에서 살아갈 수 있었던 힘은 하나님 속성을 사랑의 하나님으로 믿게되었기 때문입니다.

그 작품을 권정생 선생님께서 쓰셨다는 것은 훗날 어린이도서연구회에서 어린이책 공부를 하면서야 알게 되었습니다.

1997년 유홍준 교수가 쓴 《나의 문화유산답사기 3》을 읽었는데, 권정생 선생님 살고 계신 곳이 소개되었습니다. 그해 8월, 선생님을 찾아 길을 떠났습니다. 오랜 투병생활을 하신다는 것을 들었는데도, 실례가 되는 줄도 모르고 좋아서 무작정 떠난 길이었습니다.

선생님과의 첫 만남. 혼자 겨우 누울 수 있는 좁은 방에 빽빽이 쌓인 책들만 기억납니다. 돌아오는 내내 "여우도 굴이 있고 공중의 새도 집이 있으되 인자는 머리 둘 곳이 없도다." (누가복음 9장 58절)라고 하신 예수님의 말씀이 선생님의 모습과 겹쳐졌습니다.

'하나님과 예수님을 세상에 내려오시게 할 수 있는 사람이 바로 여기 사시는구나.'

다시 읽은 《하느님이 우리 옆집에 살고 있네요》(산하, 2000)는 제 마음을 흔들어 깨웠습니다. 선생님을 만난 후 제가 완전히 옛사람을 벗어 버리고 새로 태어났다는 걸 선생님은 모르시겠지요? 한 번도 선생님께 제 마음을 말씀드린 적이 없었으니까요. 저는 '종교적'인 것에서 자유로워졌습니다. 열심히 기독교를 설파하고 다니지도, 그렇다고 가진 것을 몽땅 누구에게 나누어주지도 않았습니다만. 엉터리 예수쟁이였던 부끄러운 제 속사람을 볼 수 있게 되었습니다.

사람들이 하찮게 여기는 것들을 선생님은 귀한 것이라고도 말씀하셨습니다.

"안동장에 가면 손수레를 끌고 다니며 장사 하는 앉은뱅이가 있어요. 아름다운 사람입니다."

선생님 말씀을 듣고, 제가 그동안 '아름다운 사람'을 '불쌍하다' 여기며 값싼 동정심을 베풀었구나, 부끄러웠습니다. 제 인생관이 바뀌었습니다. 기독교 정신을 선생님의 삶과 글에서 구체적으로 알아가기 시작했습니다.

선생님은 《한티재 하늘》(지식산업사, 1998)에서도 동준이를 세상에서 가장 착한 남자라고 말했습니다. 자기를 온전히 내주어 문둥이를 거둔 바보 같은 동준이. 저더러 고아인 정수를 기관에 두지 말고 집으로 데려다 길러야 한다고, 그래야 사랑이라고 일러주셨지만 끝내 실천하지 못했습니다. 사랑을 실천한다는 게 얼마나 어려운 일인지, 자기를 버리지 않고는 할 수 없다는 것을 깨닫습니다. 선생님 염려가 옳았습니다. 정수는 외로움을 극복하지 못하고 청소년기를 술 담배 그리고 여자에게 빠지고 말았습니다. 지난 추석에 정수가 다녀갔습니다. 지난날을 후회한다고 말했습니다. 술과 여자는 끊었답니다. 노동판에서 일해서 먹고 산다 했습니다.

"우리 정수 대단하네. 그래, 먹고 살기 힘들지?"

"담배는 끊지 못했지만 많이 줄였습니다. 건강도 좋아졌습니다."

자기를 있는 대로 받아주는 할머니를 앞으로도 이렇게 찾아올 수만 있다면, 따뜻하고 다정했던 정수의 어린 시절을 다시 찾을 수 있으리라는 희망을 품으며 오늘도 그 아이를 위해 기도합니다. 어린 정수를 거두어 기르지 못한 아픈 마음으로 아이가 찾아오기를 늘 기다립니다.

손톱이 바스러지도록 흙벽을 긁어대며 짐승처럼 울부짖었다. 온 얼굴에 핏발이 튀어나올 것처럼 이빨을 갈았다. *

분옥이가 먼저 하늘나라로 떠났을 때 동준이가 괴로워하는 장면은 선생님께서 심한 통증을 느낄 때를 표현하신 말씀과 같습니다. 저는 선생님처럼 남의 고통을 그토록 공감할 수도 없을뿐더러 저의 죄조차도 그렇게 처절하게 괴로워하지 못합니다.

선생님, 용서하십시오. 지금도 도서관에서 읽을 책을 추천해 달라는 이용자들에게 《한티재 하늘》을 추천하면서 동준이의 사랑 이야기를 읽고 행복해지기를 바라는 마음을 품습니다. 남편과도 자주 선

---

* 권정생, 《한티재 하늘 2》(지식산업사, 1998), 172쪽

생님 이야기를 합니다. 오늘날 우리 곁에 살아 있는 나실인*, 선생님이 우리와 동시대를 살고 가셨던 것을 축복이라고 생각한다고.

선생님, 네 다리로 경정경정 뛰어다니는 강아지 달이 데리고 아름다운 꽃밭에서 건강한 몸으로 오래오래 재미있게 지내세요.

---

* 특별한 능력을 타고 난 거룩한 사람으로, 하나님에게 자기 자신을 바친다. 구약의 삼손, 신약의 세례 요한 등이 대표적이다.

외로워서 남의 돈을 훔친다고요?

도서관을 운영하면서 제가 오히려 상처받고 낙심할 때도 있었습니다. 부끄러운 제 모습이 보일 때 그만 이 일을 포기하고 싶어집니다. 그럴 때마다 하나님께 무릎을 꿇습니다.

"하나님, 전 아닌 거 같아요."

"그래, 안다. 언제는 네 힘으로 이 일을 했더냐?"

그렇게 넘어지기를 수없이 하면서 20년 세월이 흘렀습니다.

지금은 어디 있는지 모른 채 제 마음에서 떠나지 않는 아이가 있습니다.

처음 도서관을 시작했던 가나안교회 주위에는 어려운 사람들이 모여 살았습니다. 어머니 아버지는 맞벌이를 하지만 대부분 아이들이 학원에 가지 못하고 어른들이 일 나가고 없는 친구의 집, 지하 단칸방에 모여 있거나 조그만 마을 가게에 설치된 게임기 앞에 참새 떼처럼 우르르 모여 있기 일쑤였지요.

그런 아이들을 도서관으로 불러 모았던 어느 날이었습니다. 그날도 좁은 도서관에 많은 아이들이 모여 여기저기서 책을 읽거나 자기

들끼리 얘기를 하며 놀고 있었습니다. 그때 처음 보는 아이들이 시끌 벅적 떠들며 들어옵니다. 여자아이들이었습니다. 머리는 부스스하고 목 주위와 손톱 밑에 새까맣게 때가 끼었습니다. 그림동화에 나오는 거위 소녀 같았어요. 아이들은 다음 날도 왔습니다. 일곱 살, 초등 3 학년, 그리고 5학년 세 자매였습니다. 특히 둘째 아이는 잠시도 앉아 있지 못하고 계속 떠들면서 돌아다녔습니다.

"엄마가 남동생을 낳았어요. 우리는 계집애들이라고 자꾸 밖으로 나가라고 해요."

5학년인 큰아이는 그때까지 글을 잘 읽지 못하더라고요. 곁에 앉아 아이의 이야기를 들어 보는데, 책을 제대로 읽을 수 없을 만큼 시력이 나쁘다는 것을 알 수 있었습니다. 학교에서 칠판 글자를 볼 수 없다고 했습니다. 아이들 집에 찾아가 부모와 상의를 하고 안경을 맞춰 주었습니다. 엄마는 아들이 아니라 넷째 딸을 낳고 집에서 몸조리를 하고 있었습니다.

도서관 아이들과 권정생의 《바닷가 아이들》(창비, 1988)을 읽고 통일에 대한 이야기를 나눈 뒤였습니다. 아이들이 북한 친구들을 도와주고 싶다고 합니다.

"그래, 참 좋은 생각이구나."

아이들은 자기 용돈을 아껴서 저금하겠다고 했습니다. 도서관에 커다란 플라스틱 돼지저금통을 놓고 돈을 모으기 시작했습니다. 저금통이 제법 무거워진 어느 날이었습니다. 아침에 도서관 문을 열고 들어서는데 책상 위에 놓여 있던 돼지저금통이 갈기갈기 찢겨 있는 처참한 모습이 눈에 들어왔습니다. 그날은 종일 일이 손에 잡히지 않았습니다. 봉사자 어머니들에게 이 사건을 이야기했습니다. 그때서야 그동안 봉사자들의 지갑에서 돈이 없어졌던 사실을 듣게 되었습니다.

며칠 후 둘째 아이를 의심할 수밖에 없는 사건이 생겼습니다. 이 아이들과 가까이 사는 자원 봉사자가 지킴이를 하던 전날 일을 이야기했습니다. 마침 도서관에는 둘째와 셋째 두 아이만 있었답니다. 잠깐 화장실에 다녀온 사이 아이들이 없어졌더래요. 그리고 가방이 열려 있고 가방 안에 있던 지갑이 없어졌답니다. 그녀는 조심스럽게 이야기를 꺼내 놓았습니다. 마을에서도 이집 저집 또래가 있는 집에 놀러가서 돈을 훔치다 이제는 아무도 받아 주질 않아 놀러 갈 집도 없던 차에 도서관에 오기 시작했다는 겁니다.

나는 둘째 아이를 옆방으로 데리고 가서 조심스럽게 물었습니다.

"얘야, 남의 물건을 주인 허락 없이 가져가는 걸 어떻게 생각해?"

"할머니, 도적질하면 지옥 가는 거지요? 저는 하지 않으려고 하는데 동생이 자꾸 훔치라고 맨날 저를 꼬집어요."

아이의 말에 순간 당황스러웠습니다. 이 맹랑하고 천연덕스러운 아이를 데리고 무슨 말을 하랴 싶더라고요.

돈을 어디에 쓰는지 들어 보았습니다. 게임을 하거나 친구들하고 군것질을 한다고 하면서 이때도 자기는 잘 먹지 못하고 동생이 친구들하고 다 먹는다고 합니다. 돈을 훔치는 것도 훔친 돈을 쓰는 것도 모두 동생에게 덮어씌웁니다. 남 이야기하듯 그냥 술술 말합니다.

집에 찾아가 부모를 만났지만 오히려 부모의 한숨 섞인 걱정만 듣고 돌아왔습니다. 아무리 애를 써도 고칠 수 없는 아이의 도벽을 슬퍼하는 부모의 참담한 모습에 이야기만 들어주다 왔습니다. 아이의 수법은 점점 대담해져 갔습니다. 일요일 교인들의 가방에서 지갑을 꺼내 돈만 가져가고 지갑은 화장실 쓰레기통에 버렸습니다. 교회에서 도서관으로 압력이 들어오기 시작했습니다. 아이를 도서관에 오지 못하게 하라고……

아이는 자기 욕망을 극복할 내면의 힘을 기르지 못한 채 자라 버렸나 봅니다. 이번 일로 제 어렸을 적 경험이 생각났습니다.

막걸리 심부름을 갔던 날이었습니다.

"해숙아, 막걸리 한 되만 사오너라."

저는 아버지에게 받은 막걸리 값을 조금 남기고 막걸리를 샀습니다. 멋진 생각을 했다고 좋아하며 남은 돈을 손에 꼭 쥐고 돌아왔습니다.

'아, 이걸로 밥칡을 사 먹어야지!'

봄이 오고 새 학기가 시작되면 무등산 깊은 골짜기에서 캐온 칡을 지게에 한 가득씩 지고 와서 학교 앞에서 파는 아저씨들이 있었습니다. 아이들은 지게 둘레에 모여들어 구경을 합니다. 지름이 10센티미터가 넘는 굵은 건 밥칡(암칡)이라고 했습니다. 굵은 칡뿌리는 씹으면 씹을수록 달고 보드라운 밥이 되어 그냥 삼켜졌습니다. 그러나 가는 칡뿌리는 씹으면 단물이 조금 나오긴 하지만 질기고 찌꺼기만 많이 남습니다. 저는 봄이면 그 밥칩이 먹고 싶어 애타게 돈 만들 궁리를 했습니다.

그런데 술 주전자를 아버지께 드리는 순간 어찌나 불안하던지 다시는 그 짓을 못했습니다. 한 되들이 노란 양은 주전자였으니 부족한 술 양을 아버지는 아셨을 텐데 조용히 드시기만 했습니다. 저는 아버지 주위를 서성거리며 눈치를 살폈지만 끝내 아무 말씀이 없으셨지요. 아버지를 속인 것을 고백하지는 못했지만 그 일이 처음이자 마지막이었습니다. 용돈 같은 걸 받아 본 적이 없던 시절 이야기입니다.

권정생 선생님을 찾아가서 그 아이 문제를 상의 드렸습니다. 선생님은 도벽은 외로움 때문에 생기는 거라고 하셨습니다. 그 아이에게 또래 친구가 필요하다고, 어른은 친구가 될 수 없다고 하셨습니다.

그 아이 부모는 둘이 나가서 종일 일을 해도 어두운 지하층에서 벗어나지 못하는 가난한 사람들이었습니다. 친구라니요? 지지리 가난한 집 아이가 도벽까지 있으니 자기 자식이 그 아이와 친구하겠다고 하면 반길 부모가 어디 있겠어요? 그 아이가 초등학교 고학년이 되자 마음이 조급해진 건 오히려 저였습니다.

"우리 이렇게 해 볼까? 먹고 싶은 것이나 가지고 싶은 것이 생기면 할머니한테 와라. 할머니가 도와줄게. 그 대신 한 번 생각하고 두 번 생각하고, 꼭 필요할 때 오거라. 그렇게 할 수 있겠니?"

자기를 이길 수 있는 힘을 길러 주겠다고 저 자신도 믿을 수 없는 어리석은 협상을 일방적으로 한 거지요. 자주 이야기를 나누며 애를

썼지만 중학교에 가서 아이는 퇴학을 당했습니다. 그 일 이후 식구들은 마을을 떠났습니다. 아이는 결국 소년원에 들어갔다는 소문만 무성하다 그나마 소식이 끊기고 말았습니다. 아이는 왜 그렇게 외로웠을까요? 왜 그토록 안절부절 못하고 불안하기만 했을까요? 도서관에서는 봉사자들이 그 아이에게 책을 읽어 주고 친구가 되어 주려고 애썼지만 슬픈 이야기만 남긴 채 우리 곁을 떠났습니다.

선한 뜻을 가지고 애를 써도 마음대로 되지 않는 일이 세상에는 너무 많습니다. 그래도 도서관 문을 열고 아이들을 기다리고 또 기다릴 수 있었던 까닭은 인간에 대한 믿음을 포기할 수 없었기 때문입니다.

외로운 영혼의 친구 되고자

　도서관에서 아이들에게 책을 읽어 주고 찾아오는 사람들과 책 이야기, 세상 사는 이야기 나누는 것이 저는 좋았습니다. 가끔 상담을 하고 싶다고 도서관으로 찾아오는 사람도 있는데, 대부분 자기 이야기만 실컷 하고는 돌아섰습니다.

　"이야기 잘 들었습니다. 고맙습니다. 안녕히 계십시오."

　상담자 입장에 있는 저는 상대방 이야기를 조용히 들어줍니다. 이야기를 들으며 상대방과 함께 기뻐하고 격려도 해줍니다. 손을 잡아주고 같이 아파하고 슬퍼합니다. 제가 하는 일은 조용히 들어주고 공감해 주는 것뿐입니다. 전문 상담사도 아니고 치료사도 아니니 그냥 들어주는 거지요. 세상에는 자기 이야기를 들어줄 상대가 필요한 외로운 사람이 많습니다. 가끔은 이 흰 머리가 내담자에게 신뢰감을 주는가 봅니다, 하하하.

　책을 읽어 주거나 이야기를 들려주는 행위는 이야기를 하는 자나 듣는 자가 함께 마음을 나누고 카타르시스를 경험하는 아름다운 상호작용이라고 생각합니다. 그렇지만 도서관에 늘 아름답고 행복한 일만 있는 것은 아닙니다.

2012년 9월 16일, 우리의 친구 채련이가 세상을 떠났습니다. 서른 세 살 나이였습니다. 처음 도서관을 찾을 때부터 그녀는 네 살인 딸 수진이를 데리고 다녔습니다. 자주 도서관을 이용하다 독서모임도 함께했습니다. 도서관 프로그램에 적극 참여하고 재능기부도 했습니다. 대학에서 전공한 컴퓨터를 우리에게 가르쳐 주었습니다.

채련이는 독서모임에서 이야기도 잘하고 글도 열심히 써 왔습니다. 그런데, 남편이 직장에서 일을 하다 다리를 다치고 치료기간이 길어지자 불안해하기 시작했습니다. 몇 달 뒤 남편은 직장에 사표를 내고 도서관 가까이에 있는 식당을 인수받았습니다. 사업을 시작하자 채련이는 도서관 활동을 하지 못했습니다. 가끔 오후 시간에 아이를 데리고 도서관에 와서 책을 빌려 갈 뿐이었습니다. 꽃처럼 어여뻤던 채련이는 식당을 하면서 갑자기 말수가 줄고 웃음이 사라져 딴 사람 같았습니다. 어느 날, 저를 찾아온 채련이는 엉엉 울면서 자기 자라 온 이야기를 했습니다.

"저는 평생 우울증을 앓는 어머니 손에서 자랐습니다. 어머니는 지금껏 제 생일에 미역국을 끓여 준 일이 없어요."

지금 남편이 하는 식당도 힘들고 불안하다고 하면서 많이 울고 갔습니다. 우울증 증세가 심해진 채련이는 결국 정신병원에 입원했습니다. 아이가 보고 싶을 때면 외출 나와 도서관에 잠깐씩 다녀갔습니다. 채련이는 전부터 병력을 가지고 있었던 거였어요. 그동안은 상태가 좋았는데 남편이 직장을 떠나면서 또 다시 불안증세가 심해져 버렸습니다. 나름대로 사람들을 찾아다니며 불안한 마음을 하소연

하고 다녔지만 그 어디서도 위로를 얻지 못했던 것입니다.

그날은 일요일이었습니다. 아침 일찍 친정집에 가 있던 채련이를 데리고 온 남편은 아내를 교회에 내려 주고 수진이는 어린이 예배실에 들여보내고 가게로 갔답니다. 남편이 일하러 가고 난 뒤 홀로 남은 그녀, 예배를 드리지 않고 예배당에서 나와 전에 살던 아파트로 가서 12층 베란다에서 뛰어내렸습니다. 오후 1시가 지나 남편이 전화를 받은 건 병원으로부터였습니다.

어느 날, 남편은 컴퓨터에 저장되어 있었다는 두 통의 편지글을 저에게 넘겨 주면서 말했습니다.

"교회 나오는 게 이렇게 쉬운 걸……. 들어주지 못했습니다."

남편은 결혼 전에 아내가 우울증세를 가지고 있다는 걸 알았답니다. 밖에서는 죽고 싶다는 말을 하고 다녔지만 자기에게는 늘 '살고 싶다'고 했대요. 남편은 채련이와 지낸 지난 십 년을 다시 되돌려 받고 싶다고 했습니다. "제가 잘못한 일이 많습니다……."면서요.

그 두 통의 글은 저에게 쓴 편지였습니다. 그걸 보내지도 못하고 그녀는 영영 떠났습니다.

채련이를 마지막 본 것은 자살하기 이틀 전이었지요. 그날 병원에서 외출을 나와 수진이를 데리고 도서관에 왔습니다. 늘 상냥하고 예쁘게 웃던 채련이가 우울증세가 심해진 후로 인사도 하지 않고 눈도 맞추지 않았습니다. 그날도 도서관에 들어오자마자 서가 쪽으로 가서 책만 열심히 고르더라고요. 그런데 책을 대출해서 문 밖으로 나가던 채련이가 고개를 돌려 저를 바라보고는 활짝 한번 웃어 주는 거였어요. 순간 당황한 저는 어찌할 바를 모른 채 그녀를 그냥 보내고 말았습니다.

도서관에 오는 아이들 가운데도 행동장애 판정을 받은 아이들은 사람을 마주보지 않고 눈을 맞추지 못해요. 안정감이 없는 불안증세는 대부분 사람으로부터 받은 상처 때문인 거 같습니다. 세상에 단 한 사람만이라도 믿을 수 있는 사람이 있다면 사람에 대한 신뢰감을 차츰 회복해 가리라는 희망으로 책을 골라 권해 주면서 말 걸기도 하고 이야기도 들어주며 좋은 친구가 되려고 애써 왔습니다. 그러나 채련이를 보내고 난 후 노력의 한계를 느꼈습니다. 저는 깊은 절망감에 빠졌습니다.

세상에는 겹겹이 두꺼운 마음의 상처를 싸안고 슬프게 살아가는 사람들이 많습니다. 저는 도서관에서 그런 사람들에게 책뿐만 아니라 편히 쉬어 갈 수 있는 공간을 배려하고 마음 따뜻한 동무가 되어주려고 애썼습니다. 그냥 조용히 곁에 있어 주는 동무가 있는 도서관, 소외당하거나 외로운 외톨이가 한 사람도 없는 세상을 꿈꾸는 도서관……. 다행히도, 이용자 중에는 여기서 새로운 꿈을 꾸기 시작했다고 고백하는 사람들이 있습니다. 그래서 저도 도서관을 통한 꿈꾸기를 포기할 수가 없습니다.

도서관에서 자란 친구, 책을 선물하다

'어린이'도서관이라서 그럴까요. 아이들은 초등학교를 졸업하면 도서관에 잘 오지 않아요. 다행히 어릴 적 도서관에서 자주 만나 정을 나눈 아이들 가운데 도서관을 떠난 후에도 소식이 닿는 아이들이 있습니다. 우연히 길에서 만나기라도 할라치면 우리는 얼마나 반가워하는지요. 저는 그럴 때마다 마음에서 기쁨이 샘솟는 듯합니다. 그 기쁨은 삶의 에너지입니다. 초등학교 다니는 동안 도서관 행사 때마다 만나던 아이들 가운데는 도서관을 떠난 뒤에도 자기들끼리 틈틈이 만난다는 소식을 전해 주는 아이들이 있습니다. 도서관에서 엮어 낸 특별한 경험으로 아름다운 추억을 공유한 동무들입니다. 그런 소식을 들으면 어찌 흐뭇해지지 않을 수가 있을까요. '그래, 오래오래 그 우정을 지켜 가거라.' 저는 기도해 줍니다.

어느 날, 교복을 입고 저를 찾아온 아이가 있었습니다. 중학생이 된 종민이가 책을 선물로 챙겨 가지고 찾아왔습니다. 생일이나 특별한 날에 자식들이 종종 책 선물을 주었고, 어른이 된 지금도 가끔 책을 선물하지만 다른 아이에게서 책을 선물 받아 보기는 처음입니다.

참 신선한 감동이었습니다.

그후 종민이는 고민거리가 있는 또래 동무를 데리고 찾아오기도 했습니다. 하루는 중학교에 와서 혼자 짝사랑을 한다는 친구를 데리고 왔어요. 그 아이는 괴로운 자기 마음을 풀 곳이 필요했던 거예요. 할머니가 자기 이야기를 들어만 줘도 위로를 받는 거 같았어요. 할머니가 옛날 연애하던 이야기라도 해주면 재미있다는 듯 듣고는 한결 밝아진 얼굴로 힘을 얻고 돌아갑니다. 그러던 어느 날, 종민이가 물었습니다.

"관장님, 저 도서관 모꼬지 행사 때 스태프로 봉사해도 될까요?"

"어머나! 좋지. 동생들이 종민이 형을 얼마나 좋아했니?"

종민이는 체격이 크고 힘이 센 소년이었습니다. 많은 아이들을 데리고 행사를 할 때면 어린 동생들을 잘 챙기는 성격 좋은 형이었습니다. 시키지 않아도 스스로 그리했습니다.

어느 해 모꼬지 때의 일이 생각납니다.

120명이나 모인 아이들을 데리고 평택 무봉산 청소년수련원에서 행사를 할 때였습니다. 저녁 프로그램을 위해 아이들의 끼를 맘껏 발산할 수 있는 장소를 빌렸습니다. 수련원에서 가장 큰 강당이었습니다. 저는 아이들을 둘러보며 말했습니다.

"오늘 밤은 이 무대에서 누구나 맘껏 춤을 춰요."

곧이어 현란한 조명이 번쩍이고 경쾌하고 빠른 템포의 음악이 무대를 가득 채웠습니다. 아이들은 감히 무대에 올라설 생각을 못하고 낯선 환경에 두리번거리기만 했습니다.

그때 제 손자 녀석 둘(지금 미국에서 살고 있습니다)이 무대에 뛰어 올라가서 춤을 추기 시작했습니다. 한참을 보고 있던 아이들이 하나둘씩 무대 위로 오르기 시작합니다. 모든 아이들이 올라가고 이제 엄마들까지 올라갔습니다. 무대 위는 사람들로 꽉 차고 분위기는 점점 흥분의 도가니로 변해 갔습니다. 오히려 제가 그 분위기를 감당하지 못해서 조용히 밖으로 나왔다가 다시 들어가 큰 기둥 뒤에 숨어 있었습니다. 그때 갑자기 조용하고 서정적인 멜로디의 음악이 물 흐르듯 천천히 들려왔습니다. 무대 위의 사람들은 어떤 힘에 끌리듯 나비처럼 천천히 유연한 몸짓으로 스텝을 밟기 시작했습니다. 장내는 차분한 분위기로 가라앉아 갑니다. 기둥에 기대어 무대를 바라보고 있던 제 앞에 꼬마 신사가 나타났습니다. 소년은 양팔을 벌리고 무릎을 살짝 접으며 말했습니다.

"할머니, 저랑 춤을 추시겠습니까?"

저는 마지막 초대 손님으로 무대 위에 올라갔습니다.

"종민아, 나를 초대해 줘서 고마워."

"네, 할머니가 외로워 보였어요."

《한밤중 톰의 정원에서》(필리파 피어스) 속, 외로운 바솔로뮤 할머니와 톰이 헤어지기 전 마지막 만났을 때가 잠시 떠올랐습니다.

그날 밤 춤 파티는 저에게 많은 생각거리를 남겨 주었습니다.

아이들의 스트레스를 풀어 주겠다고 마련한 프로그램이었는데 제가 얻은 것이 기대 이상으로 많았습니다. 대중심리, 환경에 적응하는 사람의 공감능력, 종민이의 배려심을 확인한 밤이었습니다.

'그래, 가끔 아이들에게 일탈의 기회를 주자. 긴장을 풀고 맘껏 해방감을 맛보게 해주자.'

수다로 정을 쌓고 배움도 얻는 '팥죽할머니' 모임

옛날 어느 마을에 큰 부자가 살았어. 성이 옹가인데 평생 남한테 뭐하나 해준 일 없고 심술은 또 얼마나 사나운지 남 잘되는 꼴도 못 봐. 게다가 못된 고집은 질기기가 쇠가죽이야. 그래서 사람들이 옹고집이라 불렀어.

어느 날, 늙은 스님이 옹고집네로 동냥을 왔어. 대문 앞에서 목탁을 두드리며 염불을 외는데 한 구절이 채 끝나기도 전에 옹고집이 고래고래 소리를 질러.

"어떤 놈이 또 동냥 달라느냐? 저 중놈을 당장 쫓아내라!"

주인님 불호령에 종들이 달려 나왔어. 그런데 옹고집이 그새를 못 참고 버선발로 후다닥 뛰쳐나와. 그러더니 스님을 마구잡이로 발길질해서 대문 밖으로 내동댕이치는 거야.

스님은 옷을 툭툭 털면서 고개를 설레설레 저었어. 그러고는 짚으로 허수아비를 만들어 옹고집네 담 안으로 휙 던져 넣고 어디론가 사라졌지.

이튿날 옹고집이 건넛마을로 마실 갔다 집에 돌아와 보니 웬 놈이 사랑방에 떡 버티고 앉아 있거든. 아니, 이게 어찌된 일이야? 아무리 눈을 비비고 보고 또 봐도 자기랑 똑같이 생겼어.

"네 이놈, 대체 뭣 하는 놈이길래 내 집에 함부로 들어와 있느냐?"

"네놈이야말로 남의 집에 함부로 들어서느냐! 썩 물러가지 못할까?"

"이놈 좀 보게, 내가 이 집 주인인데 뭐라고 하는 거냐?"

"허허, 이놈 좀 보게. 나야말로 이 집 주인인데 뭐라고 하는 거냐?"

옹고집이 소리치면 가짜 옹고집은 더 큰 소리로 맞받아쳐. 이거 기가 막혀 숨이 넘어갈 지경이지 뭐야.

내가 진짜네 네가 가짜네 싸우는 소리에 온 집안 식구들이 달려왔어. 그런데 싸우는 두 사람을 보니 키도 똑같고 얼굴도 똑같고 목소리도 똑같고 입은 옷도 똑같아. 코 옆에 붙은 사마귀까지 똑같으니 누가 진짜인지 알 수가 있나. 옹고집은 하도 기가 막히고 분해서 고을 원님을 찾아갔어. 진짜와 가짜를 가려 달라는 거지.

그런데 원님이라고 별 수 있나. 생김새도 똑같지만 하는 말까지 똑같으니 도무지 가려낼 수가 없단 말이야. 원님은 두 사람한테 재산이며 집안에 있는 물건을 죄다 적어 보라고 했어. 논밭에서 나는 곡식이 몇 석이며, 마구간에 있는 말은 몇 필이고 소, 돼지, 닭은 몇 마리인지, 궤 속에는 돈이 얼만 들어 있고 금가락지, 옥가락지는 몇 개며 비단은 또 몇 필이나 있는지. 가짜 옹고집은 척척 잘도 쓰는데 진짜 옹고집은 아무리 머리를 쥐어짜도 알쏭달쏭 생각이 안 나. 재산이 하도 많다 보니 다 헤아릴 수 없는 거지 뭐야.

원님이 꼼꼼히 따져 보니 가짜 옹고집이 적은 것은 돈 한 푼까지도 딱 들어맞는데 진짜 옹고집이 적은 것은 틀린 데가 많아. 원님은 진짜 옹고집을 가리키며 벼락같이 호통쳤어.

"이런 고얀 놈! 네 놈이 가짜로구나. 멀쩡한 놈이 남의 집 주인 행세를 하다니. 여봐라, 이놈한테 곤장 삼십 대를 치고 마을 밖으로 쫓아내라."

옹고집은 올 데 갈 데 없는 거지 신세가 되었어. 평생 남한테 고개 숙일 줄 모르다가 찬밥 한 덩어리 얻어먹으려고 이 고을 저 고을 떠돌아다녀야 하니 얼마나 원통하겠어? 이렇게 옹고집은 십 년이 넘게 고생고생하고 살았지.

하루는 옹고집이 주린 배를 움켜쥐고 산길을 가는데 어디선가 끌끌혀 차는 소리가 들려.

"하늘이 주신 벌이거늘 누구를 원망할꼬!"

고개를 들어 주위를 휘휘 둘러보니 큰 바위 위에 수염이 허연 노인이 앉아 있어.

"십 년 전에 네가 때려 내쫓은 중이 바로 나다. 천하에 못된 네놈을 혼내 주려고 가짜 옹고집을 보내 너를 집에서 쫓겨나게 한 것이니라."

"아이고, 도사님! 제가 죽을죄를 지었습니다. 다시는 못된 짓 하지 않고 착하게 살겠습니다."

옹고집은 손이 발이 되도록 빌고 또 빌었어.

"너 같은 놈은 죽어 마땅하나 그동안 고생도 할 만큼 하고 잘못도 깊이 뉘우친 듯하니 그만 용서해 주리라."

옹고집은 백발 도사를 따라 십 년 만에 집으로 돌아가게 되었지.

거지꼴을 한 옹고집이 주춤주춤 대문 안에 들어서니 누구 하나 알아보는 사람이 없어. 그런데 가짜 옹고집은 단박에 알아보고 펄펄 뛰는 거야.

"망할 놈의 사기꾼이 또 나타났구나. 곤장 맛 또 한 번 보고 싶더냐?"

식구들은 이게 웬일인가 싶어 어리벙벙해.

그 꼴을 지켜보던 백발 도사가 슬그머니 다가가 지팡이로 가짜 옹고집을 슬쩍 건드렸어. 그러자 그 자리에 짚으로 만든 허수아비 하나가 툭 자빠져. 모두들 놀라 입만 쩍 벌리고 섰지. *

도서관에서 아이들에게 홍영우의 그림책 《옹고집》을 읽어 주었습니다. 아기자기하고 익살스런 그림, 따뜻한 분위기를 자아내는 바탕 색깔과 할머니가 아이들에게 읽어 줄 때 다정하게 느껴지는 입말 투의 글이 좋습니다. 저 자신이 먼저 재미있게 즐기고 나니 아이들에게도 재미나게 읽어 줄 수 있어 좋습니다.

아이들을 마루에 빙 둘러앉히고 이 책을 읽어 주었습니다. 아이들은 깔깔 웃으며 가까이 다가와 캐릭터의 표정이나 장면을 들여다보기도 하며 궁둥이를 들썩이고 어떤 아이는 바닥에서 떼구루루 구르며 재미있다고 난리들입니다. 각자 그냥 편한 자세로 듣습니다. 제가 감정을 실어서 신나게 읽어 줘서 그럴까요?

저는 개인적으로 한 작가가 글과 그림을 그릴 때 정서적으로 글과

---

* 홍영우 글 그림, 《옹고집》(보리, 2011) 가운데서

그림이 잘 아우르게 느껴져서 좋아합니다.《옹고집》그림책에서도 익살스럽고 섬세한 캐릭터들의 표정이 재미있어 깊이 들여다보게 됩니다. 토방에 올라앉은 개까지도 놓치지 않고 살아 있는 것처럼 그렸네요. 거기다 다짜고짜 내뱉는 욕설이 여기저기 쏟아져도 밉지 않고 오히려 마음에 시원함을 느끼게 해줍니다. 이토록 풍부한 해학과 생명력이 넘치는 그림은 호기심 강한 아이들 정서와 딱 맞아 떨어지나 봅니다. 그만하면 아이들에게 좋은 그림책이라 할 수 있겠지요. 캐릭터들의 얼굴이 오동통통, 동글동글하고 코가 몽톡몽톡한 게 우리네 옛 아이들과 잘 어울리는 이미지입니다.

옹고집 이야기는 예전부터 좋아하고 재미있어 한 이야기입니다. 일주일에 한 번씩 만나 함께 옛이야기 공부를 하고 있는 '팥죽할머니' 모임에도 임석재의 한국구전설화 7권(전라북도편 1)에 실린 옹고집 이야기를 읽고 글을 써 간 일이 있습니다.

끝 간 데 없는 탐욕이 세상을 어지럽게 하는 요즘, 천하에 욕심쟁이 몹쓸 사람 옹고집을 사람 만들어 놓은 자애롭고 당차며 지혜로운 스님이 '얍' 하고 나타나 주길 간절히 바라는 마음입니다. 혼내 주되 미움이 아니라 사람 만들기 위해 사랑으로 고된 훈련시킬 능력 있는 <u>신격의 사람</u>이 그립습니다.

그런데 제 글 가운데서 특히 밑줄로 표시한 '신격의 사람'이라는 구절을 모임에서 지적당했습니다. 영웅주의적인 위험한 생각이라고. 저는 아마 오랜 종교생활에서 생긴 철학이 아닌가 한다고 말했습니다. 저는 그 문제를 놓고 고민에 고민을 거듭했습니다.

옛이야기에서 주인공이 어려움을 당할 때마다 나타나서 해결해주는 초능력자를 생각했는데, 그 문제와 어떻게 다른가? 까닭이 무엇일까요?

이것저것 뒤적여 보다 이청준의 《옹고집이 기가 막혀》(파랑새, 1997)를 다시 읽었습니다. '사람에 대한 이해와 나눔의 의미—고집과 교만의 틀에서 깨어나기 위한 옹고집의 절규'라는 부제가 있는 판소리 동화입니다.

이청준의 옛이야기 재화를 읽으면서 모임에서 회원들과 나눈 대화의 뜻을 생각해 보기 시작했습니다.

'스스로 깊이 사유하고 체험하여 깨달음을 얻고 변화되어야 참 변신이란 말이지.'

초월자의 도움으로 혹은 요행히 복을 받는 건 좋은 이야기가 아니라는 거겠지요.

"아아, 내가 왜 진작에 내 잘못을 깨닫지 못하고 이런 꼴이 되었는고!"*

---

* 이청준, 《옹고집이 기가 막혀》(파랑새, 1997), 116쪽

아무 쓸모도 없이 세상에 사람들에게 해만 끼치고 사는 것보다 차라리 생애를 끝막음해 사라지기 위해서 깊은 산속을 찾아들어가는 옹고집의 발걸음은 어느 때보다 허망스럽고 슬펐습니다.

"허허, 네 놈이 이제야 오는구나!"*

누구에게 아무것도 주어 본 일이 없는 그가 마지막으로 그의 몸을 솔개들에게라도 주어 그들에게 배를 불려 주려고 큰 바위를 찾아 헐떡헐떡 오르고 있을 때 어떤 음성을 들었습니다. 십 년 전 자기에게 초죽음 꼴이 되어 쫓겨 갔던 바로 그 스님이 바위 꼭대기에 앉아 있습니다.

"허긴, 네놈은 원래부터 머리가 나빠 놔서 제 어리석은 잘못을 깨닫기가 썩 쉬운 일이 아니었을 게다만……. 그래, 그동안 무얼 좀 깨달은 게 있느냐? 아니면 아직도 남을 늘 우습게 알고 못 믿는 그 어리석은 돌고집통을 다시 자랑하고들 참이냐."
"이제 와서 제가 무슨 할 말이 있겠습니까?"*

철저한 자기 부정만이 온전한 자기 변화를 가져오는 법!!

---

* 앞의 책, 118쪽

"그러면 이것을 몸에 지니고 지금 옹당촌 너의 집으로 가거라. 그러면 거기 너 대신 너의 집과 아내를 차지하고 있는 옹가는 제 갈 길을 갈 것이다."*

스님은 부적을 줍니다. 두려운 마음으로 얼굴을 들었을 때, 스님도, 하늘에 날던 솔개도 어디론지 사라지고 없어졌습니다.

서울을 어슬렁거리며 오르내리고 모여서 수다만 떠는 것 같아도 이렇게 해서 저는 '팥죽할머니'들을 만나면서 깊이 없고 짧은 배움이나 어리석음을 들여다보고 새로운 것을 배우는 큰 기쁨을 맛보고 있습니다. 참 즐거운 배움터입니다. 옛이야기 공부 모임 '팥죽할머니'들은 이렇게 놀면서 공부합니다. (저만 그렇게 생각하는 것은 아니겠지요, 팥죽할미들?)

끝 간 데 없는 탐욕이 세상을 어지럽히는 요즘, 우리 아이들이 올곧게 자기를 지켜 가난한 이웃들을 도우며 함께 잘사는 세상을 만들어 가는 좋은 일에만 고집을 피우는 진짜, 진짜 고집통이가 되길 소망하며 더 자주 《옹고집》을 읽어 주렵니다.

외로운 아이의 친구, 꾀보 막동이

처음 만났을 때 그 아이는 열 살이었지요. 처음 도서관에 오던 날은 아이 어머니가 데리고 왔습니다. 그 후 아이는 하루도 거르지 않고 도서관에 왔습니다. 학교가 끝나는 대로 도서관으로 바로 와서, 도서관 문을 닫는 여섯 시까지 책을 읽거나 저와 이야기를 했습니다.

해맑은 얼굴의 소년은 사람들과 이야기하는 걸 즐겼습니다. 어떤 날은 그 아이 때문에 도서관 문을 늦게 닫기도 했었지요. 부러 집엘 늦게 가는지 아니면 책 읽는 재미에 빠진 건지 서두르는 기색이 없기 때문에 기다려 주어야 했습니다.

아이는 도서관에 들어서면 늘 가는 곳이 정해져 있었습니다. '옛이야기' 서가 쪽, 들어서면서 처음 꺼내는 책이 몇 달이 지나도록 한결같았습니다. 《꾀보 막동이》(송언 글, 남은미 그림, 한겨레아이들, 2000)라는 옛이야기였습니다.

꾀보 막동이는 양반집 하인의 아들입니다. 주인 영감은 욕심 많고 심술까지 사나운 부자였습니다. 고을 사람들은 대감네 집 앞을 지나

칠 때면, 일부러 코를 '패앵' 풀면서 욕지거리를 내뱉곤 했지요.

어느 날 주인 영감은 막동이의 아버지에게 말도 안 되는 내기를 겁니다. 아버지가 내기에서 이기면, 종 문서를 없애고 막동이네 식구를 몽땅 풀어 주겠다는 겁니다. 하지만 자신이 이기면, 아내를 자기한테 바치라고 했습니다. 내기의 내용은, 그 다음 날 점심때까지 달걀 한 꾸러미를 구해 가지고 오는데, 꼭 수탉이 낳은 달걀이어야 한다는 겁니다. 이를 어쩝니까?

아버지를 대신해서 막동이가 나섭니다.

"아버지 어머니, 걱정하지 마세요. 제가 해결해 드릴게요."

다음 날 막동이가 대감네 안마당으로 달려갔어요.

"이놈아, 네 애비는 어디 가고 네가 오느냐?"

"대감마님, 저희 집에 경사가 났어요. 저희 삼촌이 지난밤에 아기를 낳았는데 아들이래요. 아버지는 지금 삼촌 댁에 가고 없어요. 그래서 제가 대신 온 거예요."

"예끼 이놈아! 살다 보니 별 해괴망측한 소릴 다 듣는구나, 세상에 남자가 어떻게 애를 낳는단 말이냐?"

"그럼 수탉은 어떻게 알을 낳습니까?"

아차 싶었지만 이미 때가 늦고 말았어요. 막동이네 집안은 영리한 아들 덕에 내기에 이기고 양민이 되었답니다.

그뒤 오랜 세월이 흘렀어요.

대감은 아들을 벼슬아치를 만들고 싶어 과거를 보러 한양으로 보내기로 했어요.

아들이 타고 갈 당나귀를 끌고 갈 똑똑한 하인이 없어 궁리 끝에 막동이를 보내기로 점찍었지 뭐예요. 막동이는 한양 가는 도중에 대감 아들을 실컷 골탕을 먹입니다. 도련님을 골탕 먹인 일로 두 번이나 죽을 고비를 만나지만, 막동이는 스님의 도움으로 살아나고 부자 영감의 착한 딸까지 색시로 얻게 됩니다. 부자 영감은 막동이에게 재산 절반을 떼어 주고 멀리 떠나라고 쫓아 버렸습니다. 막동이는 재산을 받아 가지고 착한 색시랑 아들딸 낳고 행복하게 살았다는 이야기입니다.

《꾀보 막동이》를 유난히 좋아하던 그 아이는 초등학교를 졸업한 후로는 도서관에 오지 않았습니다. 그 아이를 다시 만난 건 청년으로 훌쩍 자란 열여덟 살 때였습니다. 어느 날, 웬 군인 아저씨가 도서관 문을 열고 성큼 들어섰습니다. 훤칠한 키에 말쑥한 정복 차림을 한 공군이었습니다. 놀라서 바라보는 저에게 씨익 웃으며 다가서는 청년을 자세히 보니 바로 그 아이였습니다.

"아니, 현욱이 아니냐? 어머나, 언제 군대에 갔어?"

"할머니, 군대가 아니고 고등학교에 다니고 있어요."

그러고 보니 모자부터 발끝 칠피구두까지 완전 공군 차림이었습니다.

현욱이는 자기가 다니고 있는 '공군항공과학고등학교'에 대해서 자상하게 이야기해 주었습니다. 학교에서 비행기 정비기술을 배우고 있대요. 기숙사 생활을 하고 있으며 학비와 일체의 생활비, 용돈까지

나라에서 지원한다 했습니다.

현욱이가 도서관을 떠난 지 오래된 거 같은데 겨우 5, 6년 전이었나? 현욱이가 돌아간 후에도 저는 오랫동안 흥분이 가라앉지를 않았습니다. 그 녀석 때문에 기분이 썩 좋았습니다. 자기의 멋진 모습을 할머니한테 자랑하고 싶어 찾아왔다고 했던 현욱이 뒷모습을 오랫동안 붙들고 있었습니다.

'도서관 일이 힘들 때마다 현욱이를 생각하면서 재충전 받아야지……'

현욱이 어머니는 가끔 먹을 걸 챙겨들고 찾아오곤 했습니다. 도서관 행사마다 열성적으로 아이를 참여시키기도 했고요. 그런데 아이 어머니의 인상에서 느껴지는 상냥하고 밝은 모습과 아이가 날마다 《꾀보 막둥이》를 읽던 행동 사이에 뭔가 삐걱거린다는 생각이 들곤 했습니다.

'하루이틀도 아니고 같은 책을 몇 달씩 계속 읽는다? 그것도 주인을 골탕 먹이는 하인 이야기를……. 음음, 분명히 뭔가 있어! 아이들은 주인공을 자기와 동일시하며 읽잖아? 고 녀석 누군가 쥐어박으며 읽을 거야.'

혼자 소설 쓰듯 상상을 하며 아이를 지켜보았습니다.

아이는 책을 많이 읽고 아는 것도 많았습니다. 호기심이 강하고 상상력이 풍부했습니다. 책 속에서 얻은 새로운 지식을 재미있게 이야기로 풀어내는 재치 있는 소년이었습니다. 아이는 특히 자연과학

쪽에 관심이 많았던 거 같아요. 스무고개 하자면서 뜬금없이 문제를 던져 우리를 당황스럽게 했습니다. 어른들보다 아는 게 더 많았던 아이에게 우리는 가끔 골탕을 먹기도 했습니다. 하하하.

저는 궁금증을 묻어 두질 못해 기어코 아이 형편을 알아냈습니다. 아이 어머니는 어린 아들 하나를 데리고 대학생 아들을 둔 홀아비에게 시집을 왔더랍니다. 새 남편과의 사이에서 아들을 얻자 데리고 온 아이인 현욱이를 도서관에 맡겼던 거예요.

현욱이가 《꾀보 막동이》를 왜 그렇게 날마다 읽었는지, 《꾀보 막동이》 이야기가 아이의 성장에 어떤 의미로 작용했는지, 그리고 지금은 어디서 어떻게 살고 있는지를 알고 싶었습니다. 수소문해서 찾은 현욱이는 항공고등학교를 졸업한 뒤에 공군에 입대하여 어느 레이더 기지에서 통신병으로 근무하고 있었습니다. 연락이 닿아 현욱이를 저희 집으로 불렀습니다.

"현욱아, 어렸을 적 가나안어린이도서관에서 날마다 《꾀보 막동이》 읽던 생각 나?"

"글쎄요……."

"그때 혹시 집에서 힘든 일이라도 있었어?"

"예, 대학에 다니던 형은 집에서 나가 있었고, 형이 나한테 잘했는데……."

고개를 숙이고 한참을 머뭇거리던 현욱이는 이렇게 말했습니다.

"동생 때문에 힘들었어요. 그때는 새아빠도 어려웠는데……."

'……외롭고 힘들었겠구나!'

저는 조용히 현욱이의 이야기를 들어주었습니다.

책읽기를 좋아한 아들을 도서관으로 데려온 지혜로운 어머니, 책 속에서 내적 힘을 길러 어려운 환경을 잘 극복하고 밝고 당당한 청년으로 자랐던 현욱이. 저에게 찾아와 자랑스러운 자기 모습을 보여주었던 현욱이 모습을 떠올려 보았습니다. 책이 주는 힘이 바로 이런 것 아닐까요? 도서관에서는 아무도 가르치려 들지 않아도 스스로 배우고, 아이들은 동굴에 숨겨둔 보물을 찾아내듯 지혜의 보물이 가득 차 있는 도서관에서 마음껏 꿈을 펼치며 자랍니다. 작은 도서관이었지만, 이렇게 마을에서 사랑받는 귀중한 곳이었습니다.

반쪽이 이야기로 마음을 연 소년

아이들은 자기가 약자라고 생각합니다. 얼른 자라서 힘 있는 어른이 되고 싶습니다. 자기 부모는 모르는 것이 없고 뭐든지 다 할 수 있다 생각하며 의지합니다. 그래서 많은 경우 엄마 아빠가 미래의 모델이 되기도 합니다. 제 아들도 너댓 살 무렵에는 엄마하고 결혼한다는 이야기를 자랑스럽게 했습니다.

저에게는 생년월일이 서로 사흘 차이 나는 외손자들이 있습니다. 두 딸이 함께 친정 집에서 몸조리를 하고 집으로 돌아갔고, 커 가는 아이들을 데리고 친정 집에 자주 왔습니다. 건강하고 힘이 센 막내 딸네 아이는 형(사실 사흘 차이면 친구나 마찬가지지만)을 툭툭 치고 건드려 봅니다. 순둥이 형은 대거리를 하지 않습니다. 그러면 만만한지 형이 가진 것을 빼앗습니다. 형은 울기부터 합니다.

도서관에서도 사내아이들 노는 모양을 보면 힘겨루기나 힘자랑을 많이 합니다. 그 울보 기찬이가 다섯 살 때 동생을 태중에 가진 엄마와 함께 저희 집에서 일 년을 같이 살았습니다. 눈보라가 심하게 날리던 어느 날, 유치원에서 돌아온 기찬이가 들어오면서 방귀를 뿡뿡뿡 뀌어요.

"기찬아, 웬 방귀를 그렇게 뀌니?"

"응, 내가 저 눈과 바람을 멀리 쫓아 버리려고, 할머니."

"아하, 그랬어?."

기찬이가 《반쪽이》를 6개월쯤 계속 읽고 있었을 때였습니다. 기찬이는 그동안 자기 안에 반쪽이의 힘을 기르고 있었네요. 20대가 된 기찬이는 자신만만하고 자존감이 높은 청년으로 자랐습니다.

저는 아이들이 모든 사물과 소통이 가능한 섬세하고 마음 따뜻한 사람으로 자라길 바랍니다. 또한 지혜와 용기가 있는 사람으로 자라기를 바라 반쪽이 이야기를 들려주기 좋아합니다. 많은 아이들은 반쪽이를 자기와 동일시하며 읽습니다.

수많은 《반쪽이》 이야기 가운데 정승각이 그림을 그리고 오호선이 글을 쓴 그림책(두손미디어, 1996)을 같이 보겠습니다. 현재는 구할 수 없는 책이라 전문을 옮겨 봅니다.

옛날, 어느 마을에 할아버지와 할머니가 살고 있었어요. 할아버지와 할머니는 자식이 없어서 늘 걱정이었어요. 그런데 어느 날 밤, 할머니는 신기한 꿈을 꾸었어요. 꿈에 수염이 허연 할아버지가 나타나서 말했어요.

"우물 속에 있는 잉어 세 마리를 고아 먹어라. 그러면 아들을 낳을 것이다."

다음 날 아침, 할아버지와 할머니는 우물에 가 보았어요. 정말 우물 속에 커다란 잉어 세 마리가 있었어요. 할아버지와 할머니는 잉어를 잡아 왔어요. 그때, 갑자기 고양이가 달려와서 잉어 한 마리를 물고 달아났어요.

할아버지와 할머니는 얼른 쫓아가서 잉어를 빼앗았어요. 그런데 어느새 고양이가 절반을 먹어 버렸어요. 할머니는 할 수 없이 잉어 두 마리 반을 고아 먹었어요.

그뒤, 할머니는 아들 세쌍둥이를 낳았어요. 그런데 이게 웬일일까요? 첫째와 둘째는 멀쩡했는데, 셋째는 반쪽이였어요. 눈도 하나, 귀도 하나, 팔도 하나, 다리도 하나씩만 있는 반쪽이였어요. 할아버지와 할머니는 반쪽이도 멀쩡한 두 아들과 똑같이 길렀어요. 세 아들은 모두 무럭무럭 잘 자랐어요.

어느 날, 반쪽이의 두 형이 과거를 보러 떠났어요. 반쪽이도 형들을 따라 나섰어요. 형들은 반쪽이와 함께 가는 게 창피해서 막 달아났어요. 그래도 반쪽이는 계속 쫓아갔어요. 그러자 형들은 반쪽이를 큰 나무에 꽁꽁 묶어 놓고 가 버렸어요.

반쪽이가 끙 하고 힘을 쓰자, 큰 나무가 뿌리째 뽑혔어요. 반쪽이는 나무를 짊어지고 집으로 돌아왔어요. 할머니가 반쪽이에게 물었어요.

"그 큰 나무는 무엇에 쓰려고 가져왔니?"

"형들이 과거에 급제해서 돌아오면 떡 해주려고요. 이걸로 떡방아를 만들어서 쿵더쿵 떡 해주려고요."

반쪽이는 나무를 내려놓고, 다시 형들을 따라갔어요. 반쪽이가 따라오자, 형들은 막 달아났어요. 그래도 반쪽이는 계속 쫓아갔어요. 그러자 형들은 반쪽이를 큰 바위에 꽁꽁 묶어 놓고 가 버렸어요.

반쪽이가 끙하고 힘을 쓰자, 큰 바위가 번쩍 들렸어요. 반쪽이는 바위를 짊어지고 집으로 돌아왔어요. 할머니가 반쪽이에게 물었어요.

"그 큰 바위는 무엇에 쓰려고 가져왔니?"

"형들이 과거에 급제해서 돌아오면 떡 해주려고요. 이걸로 떡돌을 만들어서 쿵더쿵 떡 해주려고요."

반쪽이는 바위를 내려놓고, 다시 형들을 따라갔어요. 반쪽이가 따라오자, 형들은 막 달아났어요. 그래도 반쪽이는 계속 쫓아갔어요. 그러자 형들은 반쪽이를 칡덩굴로 칭칭 묶어서, 호랑이가 많이 사는 산 속에 던져놓고 가 버렸어요. 반쪽이가 끙 하고 힘을 쓰자, 칡덩굴이 우두둑하고 모두 끊어져 버렸어요. 그때, 호랑이들이 나타나서 반쪽이를 에워쌌어요.

호랑이 한 마리가 꼬리를 휘휘 휘두르며 달려들었어요. 반쪽이는 얼른 손가락으로 탁 퉁겼어요. 그랬더니 호랑이가 푹 고꾸라지며 죽어 버렸어요. 또 다른 호랑이가 으르렁거리며 달려들었어요. 반쪽이는 얼른 손가락으로 탁 퉁겼어요. 그랬더니 그 호랑이도 푹 고꾸라지며 죽어 버렸어요.

또 다른 호랑이가 앞발을 번쩍 치켜들며 달려들었어요. 반쪽이는 얼른 손가락으로 탁 퉁겼어요. 그랬더니 그 호랑이도 푹 고꾸라지며 죽어 버렸어요.

반쪽이는 호랑이 가죽을 몽땅 벗겨서 짊어지고 집으로 향했어요. 그러다가 날이 저물어, 어느 부잣집에서 묵게 되었어요. 부잣집 영감은 호랑이 가죽이 탐나서 내기를 걸었어요.

"자네가 아무도 몰래 내 딸을 데려가면, 자네를 사위로 삼겠네. 그 대신 못 데려가면, 그 호랑이 가죽을 모두 내놓아야 하네."

"좋아요."

반쪽이는 그길로 곧장 집으로 돌아왔어요.

그날 밤, 부잣집 영감은 식구들을 모두 불러 모았어요.

"반쪽이가 올 테니, 단단히 지켜라!"

부잣집 식구들은 횃불을 치켜들고 뜬눈으로 밤을 새웠어요. 하지만 반쪽이는 오지 않았어요. 다음 날 밤에도 부잣집 식구들은 뜬눈으로 밤을 새웠어요. 하지만 반쪽이는 오지 않았어요.

그 다음 날 밤이 되었어요. 반쪽이는 한밤중에 부잣집으로 갔어요. 다듬잇돌을 손에 들고, 장구를 등에 지고 갔어요. 자갈과 유황을 허리에 차고, 빈대와 벼룩을 싸 가지고 갔어요. 부잣집 식구들은 이틀 동안 잠을 못 자서 모두 끄덕끄덕 졸고 있었어요.

반쪽이는 대문에 있는 하인들의 상투를 서로 묶어 놓았어요. 며느리 손에는 장구를 쥐여 주었어요. 아들 소맷자락에는 자갈을 넣어 두었어요. 부잣집 영감 수염에는 유황을 발라 놓았어요. 마님 허리에는 다듬잇돌을 매어 놓았어요. 딸이 자는 방에는 빈대와 벼룩을 잔뜩 쏟아 놓았어요.

"앗 따가워. 앗 따가워."

딸이 온몸을 긁적거리며 방에서 나왔어요. 반쪽이는 냉큼 딸을 업고 달아나면서 큰 소리로 외쳤어요.

"반쪽이가 이 집 딸을 업어간다! 반쪽이가 이 집 딸을 업어간다!"

그 소리에 모두들 잠에서 깨어났어요.

상투가 묶인 하인들이 외쳐 댔어요.

"야 이놈 반쪽아! 내 상투 놔라, 내 상투 놔!"

마님이 허리를 부여잡고 외쳐 댔어요.

"야 이놈 반쪽아! 내 허리 놔라, 내 허리 놔!"

부잣집 영감은 불을 켜려다가 수염에 불이 붙었어요. 아들이 불을 끈다고 팔을 마구 휘두르다가 영감의 이를 모조리 부러뜨렸어요.

"야 이놈 반쪽아! 내 이 내놔라, 내 이 내놔!"

며느리는 반쪽이를 잡겠다고 팔을 휘둘러 댔어요.

"둥당둥당 둥당둥당 둥당둥당……"

부잣집 식구들은 어쩔 줄 모르고 허둥댔어요.

반쪽이는 그 틈에 부잣집 딸을 업고 집으로 돌아왔어요. 그 뒤, 반쪽이는 부잣집 딸과 결혼해서 오래오래 행복하게 살았어요.*

아이들에게 반쪽이 이야기를 들려줄 때 저는 이 그림책을 고르곤 합니다. 아이들에게 읽어 주기에 가장 좋은 이야기라고 여겼기 때문입니다.

정승각의 그림 또한 압권입니다. 거침없는 힘찬 붓의 터치, 굵은 선으로 뚜렷하게 처리한 얼굴 윤곽과 다른 사람과 대비시킨 짙은 빨간색 얼굴 어디에도 반쪽이의 장애는 느껴지지 않습니다. 오히려 자신감이 넘치는 강한 힘이 느껴집니다. 장면마다 이야기를 이끌어 가는 힘 또한 사실처럼 느껴지도록 표현했습니다. 모든 캐릭터들의 눈빛이 글과 잘 아우르도록 개성이 살아 있습니다.

동생을 따돌리려고 전전 긍긍하는 두 형의 표정과 어느 처지에서나 여유롭고 당당한 반쪽이 얼굴 표정의 대비도 재미납니다. 특히 손

---

* 오호선 글, 정승각 그림, 《반쪽이》(두손미디어, 1996) 전문

가락으로 호랑이를 탁 튕기는 장면은 아이들이 싸울 상대 앞에서 긴장하며 짓는 몸동작과 딱 맞아 웃음이 절로 나와요. 그림만으로도 이야기를 즐기면서 따라가기에 부족함이 없습니다.

거기에 오호선의 글은 군더더기 없이 아이들의 호흡을 잘 맞추어 가고 있습니다. 다른 판본들과 달리 "할아버지와 할머니는 반쪽이도 멀쩡한 두 아들과 똑같이 길렀어요." 라고 서술하고 있어서, 좀 부족해도 다른 형제들과 똑같이 부모님의 사랑을 받고 있다는 확신을 갖게 하는 대목입니다. 두 형들보다 키도 작고 막내로 태어났지만 반쪽이가 끙 하고 힘을 쓸 때마다 나무가 뽑히고 바위가 번쩍 들립니다. 조그만 손가락을 탁 튕기면 호랑이도 푹 고꾸라지며 죽어 버려요. 아이들이 자기와 동일시하며 가장 신나 하는 장면입니다.

많은 판본에서 형들은 잘생기고 키도 커서 부모의 사랑을 받고 사람들의 칭찬을 듣습니다. 반쪽이는 괴상하게 생겼다고 형들의 미움을 받습니다. 심지어 죽이려고도 합니다. 형들은 과거 보러 갈 때 따라오는 반쪽이를 창피하게 여깁니다. 어떤 판본에서는 아버지까지도 반쪽이를 태어나지 말았어야 할 자식, 가문의 수치라고 홀대합니다.* 외형으로 사람을 판단하는 편견이 아이들에게 어떤 영향을 끼칠지 생각해 보게 합니다.

이런 일도 있었습니다. 어느 날 우리 마을에 있는 보육원에서 아이

---

* 최내옥 엮음, 《호랑이 잡은 반쪽이》(창비, 1983) 등 여러 판본에서 발견된다.

들을 돌보는 보육사가 저를 찾아왔습니다. 3학년 아이 가운데 아직 글을 읽지 못하는 아이가 있으니 좀 도와 달라는 것이었습니다.

아이에게 글을 가르치기 위해 저희 집에서 날마다 아이를 만났습니다. 그러나 그 아이는 전혀 학습이 되지 않았습니다. 우선 보육원에 찾아가서 아이의 신상에 대해 알아보았습니다. 신상기록에는 인천의 모 영아원에서 세 살까지 있다 네 살 때 이 보육원으로 옮겨 왔다고 적혀 있었습니다. 1994년 7월 22일생, 태어나자마자 쓰레기통에 버려진 아이를 경찰서에서 발견하여 영아원에 맡겼다는 간단한 기록이 남아 있을 뿐이었습니다. 부모에 대한 정보는 아무것도 없었습니다. 요즘 보육원에는 부모가 있어도 기를 능력이 부족해서 맡겨진 아이, 또는 결손가정이나 할머니가 데리고 기르던 아이들이 많이 들어와 있습니다. 부모도, 친척도 하나도 없는 아이는 그리 많지 않습니다.

아이는 병원에서 난독증 판정을 받았습니다. 저는 아이에게 글자 가르치는 걸 멈추고 이야기를 들려주기 시작했습니다. 그림책도 읽어 주었습니다. 조각이 크고 갯수가 적은 퍼즐 놀이감도 주면서 혼자 맞추어 보게 했지요. 작품을 완성하는 시간을 기록해서 아이에게 알려주면서 한 작품을 며칠씩 반복해서 해보도록 했습니다. 작품을 완성하는 데 걸리는 시간이 날마다 조금씩 단축되어 갔습니다. 그때마다 아이를 칭찬해 주고 완성된 작품을 들고 사진도 찍어 주었습니다. 아이는 성취감을 맛보면서 자신감을 갖기 시작했습니다. 아이는 무척 기뻐했습니다. 그러나 몇 달이 지나도 저와는 소통이 잘 되지 않고 친해지질 않는 거예요. 아이는 사람을, 특히 어른을 편하게 만나지 못했습니다. 저는 그 아이가 저에게 손자처럼 응석 부리는 날이 오기를 기다렸습니다.

그러던 어느 날이었습니다. 아이에게 그림책《반쪽이》를 읽어 주고 그림을 그려 보겠느냐고 물었습니다. 아이는 하겠다고 대답했습니다. 얼마나 반가웠는지요. 그동안은 뭐든지 못한다고 자신 없어 했으니까요. 아이는 A4 종이 가득히 그림을 그렸습니다. 왼쪽 면에 큰 나무를 짊어진 사내아이가 걸어오고 있습니다. 오른쪽에는 초가집이 있고 집 앞에 여자 어른이 아이 쪽을 향해 서 있는 그림이었습니다.

"얘가 성호 너니?"

아이는 고개를 끄덕였습니다.

"이쪽에 서 있는 여자는 누구지?"

"………"

아이는 고개를 숙인 채 말이 없습니다.

"엄마지?"

곁에 있던 아이가 대뜸 다그쳤습니다.

아이는 얼굴이 벌게지면서 곧 울 듯했습니다. 아이는 반쪽이 이야기를 들으면서 엄마 생각을 했던 거지요.

글을 읽지도 쓰지도 못하는 아이, 어른과 이야기하는 걸 힘들어 하는 아이와 마음을 나누어 보려고 그림을 그리게 했는데 다행히 아이는 그림 그리기를 좋아했습니다.

다음 날이었습니다. 아이는 현관에 들어서면서 "할머니!" 하고 저를 불렀습니다. 깜짝 놀랐지요. 기적 같은 일입니다. 아이를 만난 후 처음 듣는 호칭이었으니까요. 열 살이 되도록 엄마는 고사하고 어느 가족의 이름도 불러 본 경험이 없던 아이가 할머니를 불렀습니다. 반쪽이 이야기를 듣고 그림을 그린 후에 말이에요.

다음 날 아이는 무슨 편지를 가져왔습니다. 엄마한테서 온 편지인데, 이걸 보고 엄마를 찾아 주겠느냐고 묻습니다. 그러나 그것은 일 년에 한 번 보내 오는 후원자의 편지였습니다. 글을 모르는 아이는 엄마 편지로 알고 깊숙이 간직한 채 엄마를 기다리고 있었던 거예요. 저는 아이에게 그 편지에 대해 조심스럽게 설명해 주었습니다. 마음이 아팠습니다. 엄마를 두 번 잃게 된 것만 같아서요. 다행히 아이는 저를 할머니로 받아 주었습니다. 응석을 부릴 줄 아는 손자이기를 바랐던 오랜 기다림 끝에 저는 아이의 할머니가 되었습니다. 옛이야기 한 자락이 우리를 손자와 할머니로 묶어 준 셈입니다.

아이는 초등학교 졸업을 앞두고 제게 전화를 했습니다.

"할머니, 성호예요. 곧 제 졸업식 날이에요. 꼭 오실 거죠?"

전화기 너머로 아이의 목소리가 방방 튀어오르는 듯했습니다.

우리 성호가 이제 사람이 희망이라는 것을 믿어 주고 더 이상 외롭지 않았으면 좋겠습니다.

유리창을 뚫고 쏟아지는 햇살이 유난히 따스하게 느껴지는 겨울 오후였습니다.

도서관에서 자란 꼬마 친구들

"얘들아, 이야기가 없는 세상을 상상해 보았니? 그럼 같이 놀 친구 없는 세상은? 너희들 도서관에 와서 '심심해! 심심해!' 하는 날이나 같이 놀 친구가 없을 때, 책 읽어 줄까? 하면 쪼르르 옛이야기 책 서가로 가서 책을 뽑아 왔지? 어떤 애들은 숫제 도서관에 들어오자마자 할머니한테 와서는 대뜸 무릎에 턱 앉으면서, '이거 읽어 줘' 하고 할머니 턱밑에 책을 쑥 디밀곤 하지."

오래도록 할머니 턱밑에 책을 들이밀곤 했던 아이가 '또순이' 예슬이 동생입니다. 예슬이 삼남매는 날마다 도서관에 와서 놀면서 자랐습니다.

가나안어린이도서관에서 기쁜어린이도서관으로 옮겨 왔던 2007년. 그해 3월, 교회에 부목사님이 새로 부임해 왔습니다. 다섯 살과 네 살 된 아이가 있는 30대 후반의 젊은 목사였습니다. 부임해 오자마자 사모님은 셋째 아이를 가졌습니다. 낯선 곳에 와서 적응하기도 전에 아이를 가져 걱정이던 사모님에게 도서관은 사막 가운데서 만난 오아시스 같은 곳이었습니다. 도서관 문을 열면 언제나 부목사의 두 어린 오누이가 손을 잡고 들어옵니다. 사모님과 두 아이들은 도서관의 모든 행사에 참가하고 도서관 봉사도 자발적으로 열심히 합니다. 놀이치료를 전공한 사모님은 대학 졸업 후 아동발달센터에서 치료사(발달심리사)로 일했습니다. 그 경험을 살려 도서관에서 학부모 강의도 했습니다.

사모님이 셋째 아이를 해산하고 몸조리하는 동안 두 아이들은 도서관에서 살다시피 했지요. 도서관은 이렇게 쉼터 역할을 하고 때로는 이렇게 마을 아이들 육아까지 맡아 했습니다. 어린 자매는 그렇게 도서관에서 자랐습니다.

예슬이 주위에는 늘 아이들이 무리지어 따라다녔습니다. 도서관 안에서는 소꿉놀이를 하고 놀아요. 아이들이 자주 하는 소꿉놀이의 주제는 '엄마 아빠 놀이' '병원 놀이' '학교 놀이'입니다. 언니 오빠가 되고, 혹은 선생님이 되어 아이들에게 책을 읽어 주는 놀이도 합니다. 아이들이 방금 읽었던 책 이야기는 바로 소꿉놀이로 이어지곤 해요.

가끔은 구석에서 아이 우는 소리가 납니다. 살짝 가 보면 옹기종기 모여 있는 아이들이 '엄마 놀이'를 하고 있어요. 엄마가 아이를 낳았습니다. 엄마는 링거를 꽂고 누워 있습니다. 곁에는 간호사가 있습니다. 종이를 가늘게 오려서 길게 이어 링거 줄을 만들고 높은 책꽂이에 줄을 끼워 놓았습니다. 링거 병도 종이에 밑그림을 그려서 가위로 오립니다. 아이들은 종이를 가지고 뭐든지 만들 수 있습니다. 의사놀이 할 때 쓰는 청진기도 종이로 만듭니다. 엄마가 차린 밥상은 풀잎이나 꽃송이, 돌멩이로 많은 음식이 차려집니다. 그 밥상 저도 많이 받아먹었습니다. 아이들 놀 때 보면 그 세계에도 질서가 있더라고요. 놀이를 통해 세상에 나가 살 준비를 하고 있었습니다.

동생들을 잘 돌보는 예슬이는 도서관 아이들과의 세계에서도 아이들을 통솔하는 대장, 엄마 같습니다. 어미 닭을 쫓아다니는 병아리마냥 아이들은 예슬이 뒤를 졸졸 따라다닙니다.

'저 공동체 안에 평화가 있기를……'

저는 그 무리를 보면서 그렇게 기도하며 미소를 짓습니다.

동생들을 잘 돌보는 예슬이가 어떤 때는 안쓰럽기도 합니다.

"사모님, 예슬이가 동생들 소지품 챙기고 돌보는 모습이 엄마 같아요."

자기 놀기도 바쁠 어린 나이에 동생들이 혹시라도 남의 눈에 날까봐 신경 쓰는 예슬이가 딱했습니다.

"그러게요. 자기도 아기인데, 동생들 챙기는 일에 신경 쓰게 해서 너무 미안해요."

큰딸을 걱정해 주는 엄마. 역시 발달심리사다운 모습입니다.

도서관 문 닫을 시간이 되면 예슬이는 이층 다락방 바닥에 흩어진 책들을 서가에 꽂아 놓고 내려옵니다. 누가 시키지도 않았는데 스스로 합니다. 창밖에 있는 자작나무 그림자가 유리창을 뚫고 들어와 예슬이의 온몸을 살랑살랑 어루만져 주고 있네요.

아이들의 창의력은 그 끝이 어디인지 알 수 없습니다. A4 이면지를 모아다 놓지만 늘 부족합니다. 스카치테이프도 아이들이 작품 활동하면서 많이 사용하는 놀이도구 중 하나입니다. 그림 그리기를 좋아하는 준수는 세밀화로 곤충을 열심히 그리더니 요즘은 공룡에 빠져 있습니다. 도서관에 들어오면 할머니 무릎에 올라 앉아 책 읽어 달라, 업어 달라, 등에 매달리던 준수가 그림을 그리기 시작하면서 동물도감과 친해졌습니다.

'고 녀석이 내 등을 기억하려나……'

가끔 서운하기도 합니다.

대출대는 어린이들의 그림 전시 공간이 되었네요. 적극적인 성격의 아이들은 어른들이 버거울 정도로 봉사자들 하는 일을 자기들도 하겠다고 나서곤 합니다. 책등에 라벨 붙이기, 바닥에 어지러진 책 서가에 꽂기, 분쇄기에 커피콩을 가는 일까지 하겠다고 나서죠. 덩달아 다른 아이들도 모여듭니다. 그러노라면 도서관은 자기 차례 기다리기, 함께 놀고 일하기(아이들은 일이라고 생각하지 않지만), 양보하기, 사이좋게 나누기 등등 사회생활을 자연스럽게 체험하는 장이 됩니다. 아이들은 보수해야 할 책을 가져오고 어디에 무슨 책이 꽂혀 있는지 저보다 더 잘 압니다.

이런 아이들이 도서관의 미래입니다. 도서관에서 자란 아이들 가운데 좋은 사서들이 많이 나오길 기대해 봅니다.

그 아이 마음속에 여우누이가 살고 있었을까?

예희가 아버지를 따라 라오스로 떠났습니다. 떠날 때 예희는 6살이었습니다. 예희는 진짜 도서관이 키운 아이입니다. 태어나던 날부터 도서관의 시선을 받은 아이였으니까요. 해산기가 있어 엄마가 병원에 간다는 소식을 도서관에 있던 예슬이가 전해 듣는 순간 예슬이는 대성통곡을 하면서 밖으로 뛰어나갔습니다. 도서관은 갑자기 소란스러워지고 저는 아이를 달래느라 진땀을 흘렸습니다.

"오늘 예슬이 동생이 태어난대."

삽시간에 소문이 도서관에 쫙 퍼졌습니다.

예슬이 동생 예희는 자라면서 그림책 《여우누이》(박완숙 그림, 이성실 글, 보림 1997)를 유난히 좋아했습니다. 책읽기 방법이 아이마다 다르긴 하지만 대부분의 아이들은 부모나 도서관 사서, 할머니가 읽어주는 걸 좋아합니다. 그런데 예희는 혼자 《여우누이》를 골똘히 봅니다. 그리고 많은 《여우누이》 그림책 가운데 꼭 이 책만 골라 옵니다.

가끔 그림책을 보고 있는 예희 곁에 가 앉으면 화면 한 귀퉁이 나무 뒤에 숨어 있는 작은 여우를 손가락으로 찍으며 저에게 말을 합니다.

"여기 여우가 있어요."

평소 별로 말이 없는 조용한 예희가 그 말을 하면서 저를 바라보는 표정이 사뭇 진지합니다. 예희 마음이 느껴집니다. '제가 여기 있어요, 할머니.' 하는 것 같습니다.

그림책의 쪽마다 커다란 여우가 나타나는데 예희는 숨어 있는 그 작은 여우에만 관심이 있습니다. 뒷전에 숨어 있는 작은 여우를 자기와 동일시하는 거예요.

나이가 어린 아이들은 그림으로 이야기를 읽습니다. 특히 아주 작은 것 하나하나를 잘도 찾아내어 붙잡고 이야기를 합니다.

라오스에 살고 있는 예희는 요즘 책읽기를 별로 즐기는 거 같지 않다고 예희 엄마가 말합니다. 그런 예희가 《여우누이》는 책꽂이에서 뽑아 가끔 읽는답니다. 다른 아이들에게도 읽어 주고요. 아직도 여우누이와 놀면서 여우누이와 무수한 이야기를 하고 있을 예희…….

늘 뭔가 골똘히 생각하며 《여우누이》 그림책을 읽던 예희의 이야기를 들어주고 싶습니다. 예희는 언제 여우누이를 떠나게 될까요? 늘 아기 취급을 받는 예희는 행복해 보이질 않았어요. 언니 오빠들이 하는 일을 저도 같이 하고 싶어 하던 예희는 똑똑한 언니 오빠 뒤에서 약간은 주저하는 눈빛으로 늘 숨어 있어요. 언젠가 한 발 짝만 앞으로 쓰윽 나와서 '나는 나야!' 당당하게 외치는 예희의 목소리를 들을 수 있는 날을 기대하며 아이를 위해 기도합니다.

강아지 똥의 눈물

　미리는 할머니와 사는 아이입니다. 엄마 아빠가 헤어지면서 미리를 엄마가 데려갔는데 오래 같이 살지 못했습니다. 엄마는 밥벌이를 해야 하는 처지라서 미리를 더 이상 데리고 있을 수 없었습니다. 미리는 다시 할머니 집에 맡겨졌습니다. 할머니는 미리를 도서관에 데려왔습니다. 도서관에 온 미리는《강아지 똥》(권정생 글, 정승각 그림, 길벗어린이, 1995)을 처음 읽었습니다. 탁구공처럼 이리 왔다 저리 갔다 하는 자기 처지가 천덕꾸러기 강아지 똥 같다고 생각했습니다. 서러웠습니다.

　'나 같은 건 뭐……'

　사춘기에 들어서면서 미리는 점점 더 아무렇게나 살았습니다.

　권정생 선생님 10주기 기일이 가까워질 무렵, 서가에서《강아지 똥》그림책을 꺼내 읽었습니다. 할머니가 된 후에 처음 만난《강아지 똥》은 아름다운 이야기로 제 마음에 들어왔었습니다. 아이들에게도 자기 존재가치를 깨닫게 하는 책으로 추천하고 읽어 주던 책입니다. 노랗게 피는 민들레꽃을 보면 강아지 똥과 민들레의 아름다운 사랑

이야기가 떠오르고 마음이 환히 밝아지곤 했습니다. 그런데 오늘은
아니었습니다.

강아지 똥은 그만 "으앙!" 울음을 터뜨려 버렸어요.

갑자기 저도 울음이 터져 버렸습니다. 까닭을 알 수 없는 서러움이
복받쳐 올랐습니다. 생각해 보니 한 번도 울어 보지 못한 채 쌓인 슬
픔들이 봇물처럼 쏟아져 나온 것입니다.

초등학교 시절, 친구 영자는 저와 한 동리에 살았습니다. 학교도
같이 다녔습니다. 영자는 튼튼하고 부지런한 아이였습니다. 아침이
면 일찍이 저를 부릅니다.

"해숙아, 학교 가자!"

영자는 아이들을 툭툭 건드립니다. 대거리를 하는 아이들과 싸움
질하는 걸 즐기는 거 같았습니다. 저하고만 싸워 보지 못했다고 뒤
에서 흉을 봅니다. 저는 사나운 사람을 무서워합니다. 어릴 때나 지
금이나 대거리를 해보지 못했습니다. 용기가 없는 바보!

큰 소리 한번 질러 보지 못한 제가 가끔은 비굴하게 느껴져 싫습
니다. 어렸을 적엔 억울한 일이 많아 울보였던 제가 오래도록 눈물을
잊었습니다. 그동안 쌓였던 서러움을 오랜만에 강아지 똥이랑 함께
쏟아 냈습니다. 문득 소녀 미리도 생각납니다.

미리는 강아지 똥 할아버지의 《강아지 똥》 이야기를 좋아했습니
다. 미리가 강아지 똥을 읽고 권정생 선생님께 편지를 보냈던 일이

생각납니다. 그 일로 선생님께서 제게 답장을 보내 주신 일이 생각나 일기장을 뒤졌습니다. 선생님 편지를 찾아냈습니다. 미리 할머니에게 전화번호를 받아 미리를 만났습니다. 십오 년 만에 만난 미리, 권정생 선생님께서 제게 보내 준 편지를 받아 읽는 미리 눈에서 굵은 눈물이 뚝뚝 떨어집니다.

어떤 사람을 사랑하거나 도와준다는 것은 그 사람의 인생을 끝까지 보살펴 줘야 하는데 그것은 너무 어렵습니다. 섣불리 가까이 했다가 오히려 더 나쁘게 될 수도 있기 때문입니다. 외로운 사람은 더 의존적이 되어 계속 자신을 불쌍하게 보이려고 애를 쓰다 보면 평생 스스로 살아가는 힘을 잃어버리는 것입니다.

특히 교회에서 값싼 동정심을 가지고 처음엔 모든 걸 다 해줄 것처럼 했다가 감당하지 못하는 실수를 하는 것을 많이 보았습니다. 더욱이 한 번 상처 받은 사람은 훨씬 더 힘이 든답니다. 사모님께서도 미리를 지나치게 동정하지 마시기 바랍니다. 씩씩하게 살아갈 수 있도록 멀찍 감치서 알 듯 모를 듯 그냥 살펴 주는 게 그 아이를 위해 좋을 것입니다. 저는 이런 것 많이 겪어서 압니다. (…)

예수님이 하신 것이 바로 그런 것이었다고 봅니다.

"네 스스로 자리를 들고 일어서 걸으라!"

중풍병 환자에게 하신 말씀이 그랬습니다.

청소년기에 방황하던 미리는 뒤늦게 대학에 들어갔답니다. 공부가 재미있어 열심히 한다고 했습니다. 어려운 아이들을 돌보는 일을 하겠답니다. 청소년 상담사 일도 하고 싶답니다. 하고 싶은 일이 많아 행복하다네요. 할 일이 너무 많다고 하며 웃습니다.

서러운 강아지 똥이던 미리는 민들레꽃을 피우기 위해 지금 비를 맞으며 녹고 있습니다. 연신 웃으며 얘기하는 미리 얼굴이 땅에 내려온 하늘의 별처럼 빛이 났습니다.

봄이 한창인 어느 날, 민들레 싹은 한 송이 아름다운 꽃을 피웠어요.

향긋한 꽃냄새가 바람을 타고 퍼져 나갔어요.

방긋방긋 웃는 꽃송이엔 귀여운 강아지 똥의 눈물겨운 사랑이 가득 어려 있었어요.

3

나를 다시
찾아가는 여정

콩숙이 팥숙이들

저는 1938년도에 태어나 이름 끝에 '숙' 자를 아버지에게 선물로 받았습니다. 평균 수명이 지금보다 훨씬 짧았고, 아이를 낳다 산모가 죽었다는 이야기를 심심찮게 들을 수 있던 시절이었습니다. 해서 〈콩쥐 팥쥐〉 같은 아름다운 이야기가 백성들 사이에 입에서 입으로 퍼져나가지 않았을까 하는 생각을 합니다. 엄마를 일찍 잃고 구박덩이로 자라는 콩쥐들을 이웃 사람들이 마음 아파하면서 고생을 이겨낼 지혜를 이야기 속에 담아 들려주었을 거 같아요. 한편 계모에게는 권선징악의 교훈을 들어 착하게 살라고 일렀나 봅니다.

우리 자랄 적에는 어른들이 다 부모이고 할머니 할아버지였습니다. 어른을 만나면 허리 굽혀 인사드렸습니다.
"오냐 오냐, 해숙이 학교 댕겨 오냐?"
"그래, 밥 묵었냐?"
"예끼, 녀석들. 싸우지 말고 사이좋게 놀아라."
어른들은 내 아이가 아니더라도 꾸중도 하였습니다. 어른들은 이웃 아이들 이름도 기억하여 불러 주었습니다. 이렇게 우리에게도 온 마을이 한 아이를 기르던 시절이 있었습니다.

사람의 수명이 길어지고 풍요를 누리며 잘살게 되었다는 요즘, 콩쥐들은 오히려 더 많아진 듯합니다. 이혼한 부모 때문에 혹은 미혼모 자녀라서 할머니 손에서 자라거나 혹은 시설에 보내지는 아이들이 있습니다. 우리 도서관 가까이에 있는 보육원에 학교 수업이 끝나면 집에 돌아가는 길에 도서관에 들려 책을 읽고 가는 오누이가 있습니다. 그 아이들은 가난한 형편에 폭력까지 자주 휘두르는 아버지 밑에서 살다 보육원에 오게 되었습니다. 보육원에 와서 사니 너무 좋다고 합니다. 어린아이들에게 가족이랑 함께 사는 가정보다 더 좋은 곳이 세상에 있다니 참 슬픈 현실입니다.

"《콩숙이와 팥숙이》(이영경 글 그림, 비룡소, 2011)는 옛날부터 우리나라에 전해 오는 콩쥐 팥쥐 이야기를 씨실 삼고, 우리 현대사의 한 시절을 날실 삼아 만든 그림책"이라고 작가는 설명합니다.

그림책을 처음 만났을 때 저는 표지만으로도 참 반가웠습니다. 표지 그림이 제가 시집올 때 가져온 화장대와 화장대 위에 올려놓은 인형까지 그대로 거기 옮겨 놓은 듯했기 때문이었어요. 색시의 옷감과 머리 모양도 눈에 익숙한 모습이었습니다. 한복을 입고 혼례를 올리던 날의 제 모습도 떠올라 마음이 훈훈해지는 느낌이었습니다. 쪽마다 1950년대를 배경으로, 그 시절의 생활문화를 꼼꼼히 그리고 오려 붙여 만든 풍경들을 보면서 그 시절의 많은 추억들이 또 하나의 이야기로 가슴에 차올랐습니다.

"온갖 어려움 속에서도 꿋꿋이 어른으로 장하게 커 가는 인물을 그리는 데에 콩쥐 팥쥐만 한 이야기가 있을까요?"라는 작가의 말은 그 시절을 어렵게 살아온 저에게도 큰 위로가 되었습니다. 작가의 기대처럼 《콩숙이와 팥숙이》 이야기를 읽는 우리, 특히 그 시절에 많던 '숙'이들 가운데 하나인 저는 작가와 마음의 손을 잡고 즐거워 할 수 있었습니다.

저는 아이들과 함께, 한 시대를 여행하는 마음으로 역사 이야기를 곁들여 《콩숙이와 팥숙이》 그림책을 읽어 주었습니다. 그런데 초등학교 저학년에게 읽어 주었을 때, 아이들이 콩숙이의 옷이 촌스럽다고 흉을 보는 겁니다. 꽃무늬 옷이 예쁘지 않으냐 물으니 아니라고 합니다. 아이들의 눈과 이 할머니의 미감은 하늘과 땅 차이인 것일까? 조금 당황스럽기도 합니다.

아이들만 그런 것은 아닙니다. 많은 사람이 얼짱 몸짱을 행복의 조건으로 알고 가꾸는 세상이 되었습니다. 세월을 따라 시들어 가는 자기 겉모습에 연민의 정을 느끼며 더러는 인생을 통째 허무하다고 우울하게 사는 노인도 보았습니다. 백발 앞에 당당하고 지난한 세월을 살아 낸 스스로를 자랑하는 노인을 만나기 쉽지 않습니다.

분홍색의 긴 드레스를 입고 긴 머리에 눈이 커다란 신데렐라는 아이들에게 인기 있는 옛이야기 가운데 하나가 되었는데, 그건 아마도 디즈니 애니메이션의 캐릭터 문제인 거 같습니다. 디즈니식 신데렐라가 모든 여자아이들의 로망이 되어 있습니다. 도서관의 대출대 아래 갤러리는 대부분 분홍빛 드레스를 입은 신데렐라 그림으로 가득합니다.

책꽂이에서 《콩쥐 팥쥐》나 《콩숙이와 팥숙이》 그림책을 뽑아 들고 읽어 달라고 가지고 온 아이가 있었는지 잘 기억이 나지 않습니다. 그런데, 아이들에게 이야기로 들려줄 때는 재미있게 듣습니다. 아무래도 옛이야기는 들려주는 이야기 문학이기 때문이 아닐까 생각합니다.

'온갖 어려움 속에서도 꿋꿋이 어른으로 장하게 커 가는 인물'은 언제나 우리에게 감동을 줍니다. 왕자님이나 시장님의 손길이 아니라 자기 자신의 힘으로 씩씩하게 성장하는 오늘날의 콩쥐 팥쥐 이야기가 계속해서 이어지기를 바랍니다. 분홍빛으로 반짝이는 드레스가 아니어도 충분히 아름답고 멋진 여성상을 보여 주는 그림책 주인공도 더 많이 만날 수 있기를 또한 기다립니다.

해와 달이 된 오누이와 함께 사신 어머니

광주 무등산에 증심사라는 절이 있습니다. 깊은 산자락을 타고 올라가노라면 정상 가까이에 눈앞이 훤히 트이면서 아름다운 절이 나타납니다. 초등학교 다닐 적 해마다 가을 소풍을 가던 절입니다. 어머니는 신혼 초에 증심사 바로 아래 별장에서 사신 적이 있는데, 그때 이야기를 우리에게 자주 해 주셨습니다.

독립운동을 하셨던 사촌 큰아버지가 일본 경찰의 모진 매를 맞고 병을 얻어 그 별장에서 요양하고 계실 때, 갓 시집 온 열다섯 살의 어린 새댁 우리 어머니가 큰아버지 병수발을 했답니다. 호남 최초의 여의사였던 큰어머니 현덕신 여사는 광주에서 병원을 개업한지라 남편 수발을 할 수가 없었습니다. 우리 아버지는 큰어머니 병원 가까이서 사업을 하고 계셨습니다. 가난한 집에서 갓 시집 온 우리 어머니는 집안에서 가장 힘없는 사람이었고, 가장 궂은 집안 일을 맡을 수밖에 없는 처지였습니다.

어머니는 시아주버니 모시고 지내기가 얼마나 어렵고 힘드셨을까? 그러나 그런 건 둘째 문제였던 거 같아요. 깊은 산 속, 앞이 보이지 않는 어두운 밤, 가슴 조이며 한뎃부엌에서 한약을 달이고 있으면 지척에서 들리던 짐승 울음소리에 온몸이 오그라드는 듯했답니다. 하얀 천을 뒤집어쓴 도깨비가 담을 훌쩍 뛰어 넘기도 했는데 나중에 들으니 그 산골 마을에 실성한 여자가 있어 시시때때로 그렇게 돌아다녔다고 하더랍니다. 가끔은 호랑이가 마당으로 휙 지나가는 걸 보았다고도 하셨습니다. 마음 둘 곳 하나 없었던 어머니는 무서움과 외로움 때문에 마음의 병을 얻어 훗날 치료를 받으셨습니다.

저는 고향 땅 전라도 광주에서 스물두 살까지 살았습니다. 어렸을 적부터 밥 먹는 것보다 이야기 듣는 걸 더 좋아하면서 자랐지요. 아버지가 큰 공장을 가지고 사업을 하여 저희 집에는 늘 일꾼이 많았습니다. 시골에서 올라온 일꾼은 집에서 함께 지냈습니다. 저는 밤이면 그 일꾼들 방에 들어가 이야기 해달라고 조르곤 했습니다. 촉수 낮은 희미한 전등 불빛, 어둑한 방에서 듣던 귀신 이야기들을 무서워하면서도 오히려 즐기곤 했습니다.

그러나 세월이 지나면서 좋아했던 그 무서운 이야기들은 기억에서 사라지고 어머니에게 들었던 〈해와 달이 된 오누이〉만이 오래도록 내 마음 깊은 곳에 살아남아 있었습니다. 나중에 제가 자식을 기를 때도 자주 들려준 이야기입니다.

지금 보니 제가 어머니에게 들었던 〈해와 달이 된 오누이〉 이야기는 《한국구전설화》(임석재 전집, 평민사, 2003) 전라북도 편과 평안북도 편이 섞여 있습니다. 오히려 전라도 편보다는 평북 편에 가깝습니다. 많은 사람이 드나들었던 우리 집에 전국을 떠돌며 장사하던 소금장

수나 방물장수, 염료 장수들이 흘리고 간 이야기가 섞인 게 아닐까 하는 생각이 듭니다.

〈해와 달이 된 오누이〉 이야기를 하시던 어머니 마음, 외로움과 두려움을 이겨 내느라 그 이야기를 그리 자주 하셨다는 걸 이제는 압니다. 제가 노인이 되어서야 어머니를 알 것 같은데 어머니는 떠나시고 어머니를 안아 드리고 싶은 마음만 남았습니다. 어머니가 들려주시던 이야기를 기억해 내며, 어머니의 목소리로 다시 써 봅니다.

가난한 엄니는 아그들을 집에 냅두고 고개 넘어 부잣집에 품팔이를 갔시야.

일을 끝내고 품삯으로 얻은 떡 광주리를 이고 부지런히 집으로 돌아오는디 해가 꼴딱 넘어가 버렸어. 어쩌야 쓰까나. 사방은 어두워지는디 산이 턱 앞에 있어.

그때 갑자기 '어흥' 호랭이가 나타났어.

"할멈, 그 머리에 있는 게 뭣이랑가?"

"애들 주려고 떡 얻어 간다."

"나 떡 하나 주면 안 잡아 묵-지."

떡 하나 던져 주고 급히 한 고개 넘어강께로 호랭이가 또 기다리고 있어.

"어흥, 떡 하나 주면 안 잡아 묵-지."

"어흥, 떡 하나 주면 안 잡아 묵-지."

고개를 넘을 때마다 호랭이가 나타나곤 했지.

우리가 "떡 하나 주면 안 잡아 묵-지"를 따라하면서 좋아하니까 어머니는 그 대목을 더 반복하시곤 했지요.

우리 어머니, 그 어려운 시절에 쌍둥이로 태어나 제대로 얻어먹지를 못해 다섯 살이 되도록 잘 걷지도 못했답니다. 다섯 살 때 쌍둥이 언니가 먼저 죽었다고 하시면서 푸념처럼 "에구 불쌍한 언니, 죽을라믄 진즉이나 죽지." 하셨습니다.

겨우 비틀거리며 자라는 어린 것 두고 어머님이 세상을 떠나셨습니다. 엄마 잃은 불쌍한 우리 어머니를 열두 살 적에 친척 집에서 거두어 주었습니다. 하지만 친척 집도 밥 먹고 살기도 어려운 형편이었는지라, 식구 하나라도 줄이려고 제대로 자라지 못한 열다섯 살 어린 것 시집을 보냈다지요. 작은 체구에 인형처럼 고우신 어머니는 남자가 무서웠다고 했습니다.

떡을 다 빼앗아 묵은 호랭이는 엄니 옷도 하나하나 뺏고 낭중에는 팔 다리까지 떼어 묵고, 오메, 엄니를 몽땅 묵어 버렸네. 호랭이는 아그들까지 잡아 묵을라고 집에꺼정 갔단다.

"아가 아가, 너그 어매 왔다. 문 열어라."

아그덜은 엄니 오기만 기다리다가, 부르는 소릴 듣고 문을 열어 줄라고 허는데 목소리가 이상해.

"어매 목소리가 왜 그려?"

"응, 바람을 쐬었더니 목이 쉬어서 그런다."

"그럼 어매 손을 들이밀어 봐. 엉? 울 어매 손은 보들보들헌디 이 손은 왜 이렇게 꺼끌꺼끌혀?"

"장재네 집이서 벼 매 주느라고 풀을 묻혔는디 안 씻고 와서 그렇단
다."

아그덜은 호랭이한테 속아 문을 열어 주고 말았시야.

우리는 연약한 몸으로 많은 식솔 거느리고 줄줄이 자식 낳아 기
르느라 힘들어 하시던 어머니의 한숨소리 들으면서 자랐습니다. 어
머니 치마폭에 매달려 떼 한 번 마음 놓고 써 보지 못한 채 오히려
어머니를 안쓰럽게 여기는 철든 아이로 자랐습니다.

우리 어머니, 따뜻한 부모 품을 모르고 자라다 어느 날 갑자기 커
다란 남자한테로 시집 오셨습니다. 아이들에게 무서운 호랑이 이야
기로 마음을 풀어내는 것이 고단한 삶을 견디게 해준 힘이었던 걸
뒤늦게 알게 되었습니다.

방에 들어온 호랑이, 오드득 뭘 먹다 아그덜한테 먹으라고 주는데
글쎄 아가 뼈야. 인제 알았지. 어매가 아니고 호랭인 걸. 아그덜은 빠져
나갈 꾀를 내었어.

"어매 어매, 나 똥 매려."

호랭이는 방에다 누라고 허드래.

"구린내가 나서 못 써."

그럼 마루에다 누라 하드래.

"나가다가 밟으면 어쩔라고."

"그럼 토방에다 눠라."

"사람들이 밟응께 안 되어."

"마당에 눠."

"그것도 안 되어. 마당에다 누면 집 안이 더러워져."

"그려. 칙간에 가서 눠라."

"응. 그려."

방에서 도망 나온 아그덜은 뒤란 우물 곁 소나무 위로 올라갔더란
다.

어머니가 자주 하시던 이야기가 또 생각납니다. 어릴 적 외국인 선
교사가 마을에 들어와 예배당을 세웠답니다. 선교사는 아이들에게
이야기를 들려주고 노래도 가르쳐 주었습니다. 어머니는 노래 배우
는 게 재미있어서 열심히 교회를 다녔다 했습니다. 노래를 좋아하시
던 어머니는 노인이 되어서도 젊은이들이 부르는 가요를 저보다 더
잘 알고 따라 부르기도 하셨지요.

아그덜을 찾아나선 호랭이, 우물 속에 비친 아그덜 얼굴을 보고 함
지박으로 건지려고 하니까 아그덜이 깔깔 웃었단다. 위를 쳐다본 호랭
이가 물어.

"아그덜아, 어떻게 거그 올라갔나?"

"뒷집이서 기름을 얻어다 바르고 올라왔지."

호랭이는 미끄러워 올라갈 수가 없어 또 물었단다. 그때, 철없는 동생

이 손도끼를 얻어다 찍고 올라왔다고 일러주고 말았단다.

선교사가 떠나면서 어머니를 미국으로 데려가 기르겠다며 양녀로
달라고 했는데, 집에서 보내 주지 않았다고 말씀하실 때 어머니 목
소리에서는 그 시절을 그리워하는 마음이 묻어나기도 했습니다.

어머니 모시고 영화관에도 가고 연극도 보여 드리고 음악회도 갔
으면 얼마나 행복해하셨을까? 늙으신 어머니는 친정인 나주 이야기
를 자주 하셨어요. 그때는 그 마음을 몰랐습니다. 제가 나이 들어 보
니 육신 늙어도 마음속에는 그리움이 있고 하고 싶은 것, 가고 싶은
곳이 있다는 걸 깨닫습니다. 아, 어머니, 우리 엄니!

호랭이가 가까이 쫓아옹께 다급해진 아그덜은 하늘님께 빌었단다.
"우리를 살리시려거든 새 동아줄을 내려 주시고 죽이시려거든 헌 동
아줄을 내려 주세요."
그때, 하늘에서 새 동아줄이 내려왔는디 호랭이도 빌었단다.
"하늘님! 호랭이를 살리시려거든 썩은 동아줄을 내려 주시고 죽이시
려거든 새 동아줄을 내려 주십시오."
그때도 동아줄이 내려왔는디 썩은 동아줄이 내려왔단다. 호랭이가
좋아라고 줄을 타고 올라가다 하늘에 닿을락 말락 하자 줄이 뚝! 끊
어지고 말았어.

어머니는 이야기하실 때 한 번도 아이들은 착하고 호랑이는 나쁘

다고 말하지 않았습니다. 그러나 우리는 하느님이 오누이에게는 새 줄을, 호랑이에게는 썩은 줄을 내려 주었다는 그 설정만으로 착한 사람은 복을 받고 악한 짓을 하면 벌을 받는다는 것을 자연스럽게 알아차리며 듣고 자랐습니다.

호랭이는 수수밭에 떨어짐서 수숫대에 똥구녕이 찔려 죽었단다. 수 숫대가 빠알간 건 호랭이 피로 물들어서 그런다고 헌다. 인자 오누이 는 하늘에 올라갔지. 오빠는 해가 되고 동생은 달이 되어 세상을 훤하 게 비쳐 주고 있지.

"엄니, 엄니 그랗게 인자 호랑이가 죽은 거지?"
이야기가 끝나면 우리는 큰 숨을 쉬며 편안한 마음으로 이렇게 묻 곤 했습니다.
〈해와 달이 된 오누이〉는 지금도 항상 제 가까이에 있습니다. 엄마 를 잡아먹고 자기들까지 잡아먹으려고 뒤쫓던 원수, 호랑이가 사는 땅에 밝고 따뜻한 빛을 비쳐 주는 해와 달이 된 오누이를 생각할 때 면 왠지 좀 억울하기도 합니다. 그러나 어질고 착한 신화시대 사람들 을 생각하면 마음이 따뜻해집니다. 그림책 서가에 가장 많이 꽂혀 있는 호랑이 이야기를 아이들은 여전히 좋아합니다.

도서관에서 아이들에게 호랑이 옛이야기 그림책을 읽어 주다 어머 니 생각이 났습니다. 구수한 밥 냄새가 코끝에 와 닿고 어머니가 해

주셨던 달걀밥과 주먹밥이 생각나 먹고 싶어집니다. 나물 무치고 난 그릇에 밥 한 주걱 넣고 그릇에 묻어 있는 양념을 그 밥으로 싹 닦아 주물럭주물럭해서 뭉치면 맛난 주먹밥이 되었습니다. 밥상이 차려지기 전 먼저 먹던 그 밥맛! 지금도 저는 어머니 하시던 대로 반찬 만든 그릇을 밥으로 닦아서 먹습니다.

밥솥 아궁이 불은 동생과 제가 맡아 땔 때가 많았지요. 아궁이 속 불꽃을 신기한 듯 바라보며 동생과 저는 '즐거운 나의 집' 노래를 이중창으로 불렀습니다. 밥솥에서 자작자작 밥 뜸 드는 소리가 나면 어머니는 남은 숯불을 아궁이 입구로 끌어내라 했습니다. 달걀찜을 할 때 껍질을 깨지 않고 구멍을 작게 뚫어 속을 조심스럽게 쏟아 낸 후 그 속에 불린 쌀을 넣고 끄집어 낸 군불 속에 그 달걀을 묻었습니다. 잊을 수 없는 달걀밥이 됩니다. 사기대접에 쏟아 낸 알은 풀어서 소금 간을 하고 실파를 쏭쏭 썰어 넣고 참기름 몇 방울 떨어뜨려 섞은 다음 반질반질 윤나는 까만 무쇠 밥 솥 뚜껑을 열고 뜸 들이는 밥 위에 살짝 얹습니다. 그 밥솥에서 쪄낸 달걀찜 맛은 지금 우리가 아무리 정성을 들여도 만들어 낼 수가 없습니다,

살림을 재미있어하고 음식을 맛깔스럽게 하시던 어머니 솜씨에 아버지는 칭찬을 아끼지 않았습니다. 그 연약한 몸으로 자식 일곱을 기르고 여든네 살까지 살다 돌아가신 어머니, 여린 듯 강하신 우리 어머니, 제 나이 어머니 돌아가신 때가 가까워지니 왜 이리 어머니가 그리워지는지요. 한 번만이라도 어머니를 만져 보고 싶습니다. 병석에 계신 어머니 손톱, 발톱 끝까지 다듬어 드리지 못한 게 한으로 남

습니다.

사람과 사람 사이의 관계를 갖가지 추억으로 이어 주는 데 이야기만 한 것이 없다고 여깁니다. 이야기 들을 때 느꼈던 따뜻한 분위기, 때로는 슬프고 두려워 가슴 떨리고 마음을 촉촉하게 적시던 기억들이 그대로 마음속에 남아 있습니다. 우리 어머니가 들려주시던 이야기 덕에 제 삶이 풍성하게 꾸려진 것만 같습니다.

나의 변신 이야기

저는 옛이야기 공부 모임인 '팥죽할머니'에서 친구들과 옛이야기를 읽고 이야기도 나눕니다. 마음에 쌓인 응어리 다 풀어내고 서로 이야기 들어주고 하다 보면 시간은 또 왜 그리 빠르게 흘러가는지.

우리 중 누구도 그 이상 욕심이 없습니다. 그게 우리 모임의 색깔이 되어 버렸습니다. 그러나 우리는 각자 자기 삶의 자리에서 이야기의 주인공들이 되어 새로운 이야기를 만들어 가고 있습니다. 참 좋은 길동무들입니다.

저는 어른이 되어 다시 찾은 옛이야기 세상을 늙어 가면서 더 즐기고 있습니다. 동굴 속에 들어와 보물을 찾는 것 같은 호기심과 스릴이 저를 바짝 긴장하게도 합니다.

그동안 설렁설렁 이야기를 즐기며 노닐기만 한 것 같았습니다. 그런데 어느 순간, 전혀 다른 내가 여기 서 있다는 사실을 깨달았습니다. 옛이야기를 통해 세상 중심에 있는 나를, 그리고 나를 둘러싼 우주를 만나 왔다는 것도요. 거기에는 사람이, 자연이, 신이 있었습니다. 나와 연결된 존재들을 알아 가고, 사귀고, 사랑하기까지 끝없는 여정이 계속되리라는 것 또한 깨닫습니다. 안개 속 같기만 했던 '영원'이라는 단어의 뜻을 어렴풋이나마 짐작하는 요즘입니다.

그동안 공부했던 옛이야기 가운데 뱀 신랑 〈구렁덩덩 시선비〉가 유독 마음에 남습니다. 임석재의 《한국구전설화》 전북 편에 실린 이야기 한 편을 가지고 저의 태어남과 성장을 돌아보려고 합니다.

제목은 〈구렁덩덩 시선비〉지만 사실 주인공은 시선비가 아니고 셋째 딸입니다. 셋째 딸의 성장과정, 그리고 스스로 행복을 얻어 낸 이야기입니다.

옛날에요, 한 가난헌 사람이 있더래요. 하도 없이 상게 장재네 집이 가서 일 히주고 살더래요. 아, 그런디 인제 애기를 났더래요. 애기럴 난 것이 구렝이럴 났더래요.

애기를 난 것이 구렝이를 났잉게 모지랑 삿갓으로 덮어서 뒤안 굴뚝 옆이다 놔두었어요.

애기럴 났당게 장재네 큰애기가 보로 왔어요. (…) 구렝이럴 나났구만, 에이 더러워 험서 침얼 택 뱉고 왔어요. (…) 둘째 애기가 와서 (…) 침얼 택 뱉고 나왔어요. 셋째 애기가 와서 애기 났다더니 애기 어디 있어 허서 뒤안 굴뚝 옆이 삿갓 덮어논 디 있다고 헝게 가서 보고 구렁덩덩 서선부 났구만 허고 갔어요.

이 구렝이넌 커더니만 저그매보고 장재네집 딸헌티로 장개가고 싶으니 가서 말허라고 히서 (…) 우리 집 구렝이가 장재님 댁으로 장개오겄다고 허니 어쩌면 좋와요. (…)

장재는 큰딸얼 불러서 저 집 구렝이가 우리집이로 장개들고 싶다니

너 구렝이헌티로 시집 갈레 허고 물응게 누가 시집 갈 디가 없어서 구
렝이헌티로 시집가요, 나넌 싫어요, 혔어요. (…) 둘째딸도 싫다고 허서
셋째딸얼 불러서 말헝게 아버지 말씸얼 기억헐 수가 있어요. 가겄습니
다, 그래서 구렝이넌 장재네 셋째딸허고 혼인허게 됐어요.

   (…) 첫날밤얼 지내넌디 구렝이넌 허물얼 홀딱 벗더니 훤헌 선부가
되드래요. (…) 각시가 여간 좋와라고 안허겄어, 참 좋와허지. 그래서
이 선부가 구렁덩덩 시선부지. *

첫 아이를 잃은 후, 내리 아들만 낳은 우리 어머니에게 아버지는
딸을 낳아 달라 했답니다. 그렇게 기다리고 기다리다 얻은 딸인 저
는 태어나자 거의 죽은 아이였대요. 한여름 뜨거운 아스팔트길 위
에 납작하게 말라죽은 개구리처럼 쭈글쭈글 가죽뿐이더래요. 거기
에 유난히 새까만 머리카락만 수북하게 자라 얼굴을 덮고 있었더랍
니다. 아이를 본 아버지는 깜짝 놀라 죽은 아이 버리라고 하더랍니
다.

어머니는 태중의 아이가 여섯 달째 되었을 때 전염병(장질부사)에
걸려 한 달 동안을 열에 들떠 사경을 헤매었고, 겨우 소생하시어 열
달 만에 해산은 했으나 아이가 그 꼴이었답니다. 아이가 죽지 않고
살아 있었던 건 모진 생명력 때문이었다고 어른들은 말했습니다.

겨우 목숨 건진 아이, 살았나 싶더니 폐렴에 걸려 숨만 헐떡이고,

---

* 임석재, 《한국구전설화》 전라북도편 l(평민사, 2003), 284~285쪽

어머니는 그 아이를 허구한 날 등에 업고 다녔답니다. 이웃사람들은 등에 업힌 아이 들여다보며 "에구, 다 죽은 아이를 업고 댕기누만, 쯧쯧……." 혀를 찼고요. 마치 구렁이로 태어난 구렁덩덩 시선비님 들여다보며 이웃집 아가씨들이 혀를 차듯이 말입니다. 구렁이 낳은 할머니 마음이 우리 어머니 마음 같아 짠해요.

어머니의 애간장 녹이며 모질게 자란 목숨. 어린 게 귓병까지 앓아 큰어머니 병원에 데려가니 병도 고쳐 주시고 뜨개질도 가르쳐 주어 장갑, 모자, 목도리, 양말 떠서 신고 끼고 쓰고 다니니 재주 많은 아이라고 귀여움도 받았습니다. 나이가 차서 학교에 들어갔지만 몸 약한 저, 학교에서 돌아오면 코피 쏟고 책가방 밀어 놓은 채 쓰러져 잠들곤 했습니다.

한날은 아버지 따라 나갔다 작은 돌부리에 걸려 힘없이 넘어졌습니다. 약한 딸이 안쓰러워 지게에 한가득 팔던 토마토를 몽땅 사다 몸에 좋은 과일이라고 먹이시던 통 큰 아버지, 무릎에 누이고 머릿속 서캐를 뽑고 이를 잡아 주시던 자상한 아버지. 어머니 아버지의 정성으로 세월 따라 잘 자라 주어 여인이 되었습니다. 덜 자란 어른으로 시집 간 저는 그때부터 아픈 성장기에 들어섭니다.

구렁덩덩 시선부넌 서울로 과개보러 간담서 구렝이 허물얼 줌서 이것얼 잘 간직히야 헌담서 이것얼 넘헌티 뵈이지도 말고 주지도 말라고 허고 떠났어요. 그리서 각시넌 그 구렝이 허물얼 싸고 싸고 히서 잘 간수히 두었넌디 하루넌 성덜이 와서 구렝이 허물얼 보자고 했어요.

(…) 성덜언 (…) 에이 더러워, 이런 더러운 것얼 멋헐라고 간수허냐 험서 불에다 집어너서 태워 버렸어요. (…) 냄새가 서울꺼지 펴져가서 구렁덩덩 시선부가 이 냄새럴 맡고서 그 각시를 박대허고 거그서 새장개럴 들어서 살었어요.

이짝 각시넌 (…) 서방님 챛이로 나갈라고 큰 치매 뜯어서 큰 바랑 맨들고 작은 치매 뜯어서 작은 바랑 맹글고 깎고 깎고 머리 깎고 메고 메고 (…) *

결혼은 찬란한 꿈의 나라가 아니었습니다. 저에게 결혼은 허물을 벗기 위한 혹독한 고난이 시작되는 지점이었습니다. 남편은 여덟 살에 어머니 잃고 외할머니 손에서 자랐습니다. 6. 25 전쟁이 일어났던 해 그 할머니마저 열여섯 어린 손자를 두고 세상을 떠났습니다.

기댈 곳이 없어진 남편은 일선지구 미군부대 군인을 따라 다니며 '하우스보이' 일을 했습니다. 때로는 밤을 새워 일을 했답니다. 참 모진 세월을 살면서 돈을 모았습니다. 틈틈이 일하면서 야간고등학교를 마쳤고, 3년간의 전쟁이 끝나고 서울 감리교신학교에 입학했습니다.

제가 시집 왔을 때는 서모가 있었습니다. 가난한 집에서 시집 온 저를 탐탁지 않게 여긴 서모는 낮에는 무서운 호랑이였다가 남편이 직장에서 돌아오면 갑자기 여우로 변했습니다. 친정 나들이라도 갈

---

* 앞의 책, 285쪽

라치면 짐 싸는 며느리 옆에 지켜 서서, "에구, 우리 경완이 등에 땀난다."며 오금을 박곤 했습니다. 그 시절에는 고된 짐을 질 때 "등에 땀난다"고 했는데, 아들이 힘들여 번 것을 며느리가 가난한 친정집에 바리바리 싸 가지 않나 의심했던 겁니다.

한참 가니랑께 까마구가 흡신 많이 모여서 구데기를 줏어먹고 있었어. "까마구야 까마구야, 구렁덩덩 시선부 어디로 갔넌지 너그덜은 모르냐?" 허고 물응께 까마구덜은 이 구데기를 웃물에가 씻고 아랫물에가 헹궈서 가운뎃물에 바쳐서 주먼 갈쳐 주지. 각시는 까마구가 갈쳐 준 대로 고개를 넘어강게 멧되야지가 칡뿌리를 캐먹고 있었어. (…) 각시는 멧되야지가 갈쳐 준 대로 고개를 넘어갔다. 빨래를 허고 있는 아낙네가 있어서 (…) 물응게 이 빨래를 검은 빨래는 희게 빨고 흰 빨래는 검게 빨고 풀 멕이고 다듬이질해서 얌전허게 잘 개서 주면 갈쳐 주지, (…) 그래서 각시는 그 고개를 넘어갔더니 논 가넌 사람이 있어서, (…) 그 너른 논을 이 논 저 논 다 갈아서 씨를 뿌리고 지심을 매 나락을 훑어서 나락을 쪄서 옥백미같이 실어서 독 안에다 담어 주었어. *

자라면서 몸이 약했던 저는 힘들고 거친 일을 해본 적이 없어서 깊은 우물물을 퍼올려 써야 했던 시집살이가 너무나 힘들었습니다. 뱃

* 앞의 책, 293~294쪽

속에 아이를 가진 무거운 몸으로 이웃집 수돗물을 식수로 쓰기 위해 양동이로 퍼날라야 했습니다. 눈 쌓인 어느 겨울 날, 물이 가득 담긴 양동이를 양쪽에 들고 오다 미끄러져 주저앉으며 엉덩방아를 찧었습니다. 유난히 눈이 크고 겁이 많은 첫 아이를 볼 때마다 그 일이 생각났습니다. 태중의 아이가 그때 얼마나 놀랐을지를. 손빨래를 하던 시절 궂은 일에 길들지 못한 제 손등은 겨울이면 갈라져 피가 났습니다. 낚시를 즐기는 남편은 주말이면 낚시터에서 돌아와 두꺼운 옷을 잔뜩 벗어 놓고 다시 나갑니다. 시집 식구 아무도 제 손등이 갈라지고 피가 나는 걸 몰랐습니다.

구더기를 씻어 주고, 논을 갈아 주고, 검은 빨래는 희게 흰 빨래는 검게 빨아 줘야 했던 셋째 딸의 삶이 곧 저의 삶이 되었습니다. 말벗도, 관심 가져 주는 사람도 없는 외로운 시집살이를 책을 읽으며 그 안에서 친구를 만나고 화초를 기르는 일로 견디어 냈습니다. 한 뼘 땅도 없는 좁은 셋방살이였지만 작은 화분들을 사서 길렀습니다. 애정을 담아 화초에 물주고 바람과 햇볕을 쪼여 주면 잎이 자라고 꽃대가 올라와 꽃이 활짝 핍니다. 저는 생명이 자라는 신비를 체험하면서 살아갈 힘을 얻었습니다. 희망을 꿈꾸었습니다.

논 가는 사램이 갈쳐 준 댐에 고개를 넘어강게 쬐깐헌 옹달샘이 있고 옹달샘에는 은뽁지개가 있어서 그 은뽁지개를 타고 갔더니 (…) 시선부네 집이 어디 있나 헝께 저어그 저 지와집이라고 히서 그리 가 봤

더니 고래등 같은 큰 지아집인디 네 귀에 핑경을 달고 있었어. *

어려운 일을 당할 때마다 셋째딸에게 갈 길을 일러주던 초능력자
는 애타게 찾는 저에게도 찾아와 주었습니다. 저는 열 살 때 처음 만
난 예수를 사랑하고 의지하며 살았습니다. 삶이 괴로울 때면 그 예
수가 꿈속에 현실처럼 찾아와 위로해 주었습니다.

가정보다 교회를 더 사랑하는 남편, 식구들보다 교인들에게 더 친
절하고 거기 마음이 가 있는 남편. 우리는 한 번도 가족여행이라는
것을 해본 적이 없습니다. 남편은 훌륭한 목사로 칭찬과 존경을 받았
지만 가족들에게는 불같이 화를 잘 내고 엄격했습니다. 아이들에게
는 편안하게 기댈 수 있는 아버지가 아니었습니다. 식구에게는 엄격
한 군주였습니다. 우리에게는 아버지도 남편도 목사도 없었습니다.
저는 자유로워지고 싶었습니다. 철들지 않은 어른으로 자기 연민에
만 빠져 있었습니다. 두 딸이 시집간 후 우울증 치료를 받았다는 것
을 훗날 알았습니다. 우리는 그렇게 각각 따로따로 외롭게 살았습니
다. 아이들에게는 엄마마저도 없었습니다. 자기 연민에만 빠져 어머
니 노릇을 못한 저는 자식들에게 당당하지 못했습니다. 그러면서도
그 자식들을 두고 떠나지도 못했습니다.

제가 예수를 마지막 만난 건 오십을 갓 넘긴 때였습니다. 어느 날,

* 앞의 책, 294쪽

대학을 다니던 아들이 밖에서 교회 형들과 술을 마시고 밤늦게 집에 들어왔습니다. 아버지하고 이야기를 하고 싶다고 했습니다. 다 자란 아들이 아버지를 이제야 인간 대 인간으로서 찾은 겁니다. 그냥 일상을 이야기하며 친구처럼 편하게 만나고 싶었던 겁니다. 그러나 술을 마시고 들어온 아들에게 화가 난 아버지는 당신 방으로 들어가 버렸습니다.

아들은 아버지가 늘 무서웠습니다. 맨 정신으로 아버지 앞에 솔직하게 이야기할 용기가 없었습니다. 그날 아들은 용기를 냈지만, 술 마신 객기로 아버지 앞에 섰습니다. 아들은 방문 앞에서 무릎을 꿇고 아버지를 불렀습니다. 그리고 콘크리트 바닥에 앉아 아버지를 기다렸습니다. 부슬부슬 비가 내리기 시작했습니다. 방으로 들어가자 했지만 아들은 듣지 않았습니다. 방석을 깔아 주는 일밖에 할 수 있는 일이 없었습니다.

저는 남편과 싸워서 이겨 본 일이 없습니다. 깊은 대화를 나눌 수가 없었습니다. 일방적으로 자기 이야기를 따르기만 해야지 당신에게 반하는 이야기는 듣지 않고 화를 내거나 피해 버리는 편이었습니다. 불같이 화를 내고 집을 나가 버리니까요. 쏜살같이 사라져 버리는 승용차 뒤꽁무니를 바라보며 저는 절망감을 느낍니다. '오냐, 늦거든 보자.' 분노의 칼을 갈기도 했습니다. 남편은 가끔 고백하기도 했지요. 남자는 큰 잘못을 했을수록 더 화를 낸다고. 저는 남편을 이해하지도 위로하지도 못했습니다.

아들 일로 괴로워하던 제가 집을 나갈 결심을 했던 날 밤, 주님이 저를 찾아오셨습니다. 십자가 형틀에 누우신 채 연민의 정이 짙은 눈빛으로 곁에 서 있는 저를 깊이 바라보셨습니다.

"네가 네 남편 때문에 괴로워할 때마다 나는 너를 구원하기 위해 다시 십자가의 고통을 받느니라."

작지만 또렷한 음성이 제 가슴에 화살처럼 꽂혔습니다. 말씀을 마치자마자 쾅!쾅! 못질하는 소리가 천둥처럼 크게 울렸습니다. 그 소리에 놀란 저는 잠에서 깨어났습니다.

'왜 주님이 급히 날 찾아오셨을까?'

그때 문득 신혼에 써 둔 남편의 일기 글 한 줄이 섬광처럼 번쩍 떠올랐습니다.

'늘 골져 있는 아내가 싫다.'

휘장 뒤에 가려져 있던 30여 년 전 남편의 마음입니다.

사사건건 모든 잘못은 당신에게만 있다고 따진 오만함, 이해받지 못해 외롭다고 통통 부어있던 제 모습이 떠올랐습니다. 오히려 남편이 외로웠을 거라고 생각하게 되었습니다. 놀랍게도 처음 가져 본 깨달음이었습니다. 덜 자란 나, 수치심으로 온몸이 뜨거워졌습니다.

몸에서 힘이 빠져나가며 나락으로 떨어지는 듯했습니다.

'무슨 자격으로…… 감히 제가 당신이 만드시고 사랑하는 사람을 정죄하였나이까?'

각시는 그 집이 들어가서 동냥 왔다고 형께 허건 옥백미를 한 되 떠
다주어서 각시는 밑 없넌 자루에다 동양쌀을 받었넌디 쌀은 자루 밑

으로 흘러서 땅으로 쏟아졌어. 각시는 앉아서 쌀을 은저붐으로 한 알 한 알 집어담고 있었다. (…)

어두워징게 각시는 이 댁에서 하룻밤 자고 가게 히 돌라고 힜어. (…) 그러서 각시는 마룽 밑이서 자기로 힜어. (…)

그날 밤에는 달이 붉게 공중에 떠 있었넌디 구렁덩덩 시선부는 저쪽 높은 다락에서 글을 읽다가 달이 하도 붉은게 마당으로 내려와서 다을 쳐다봄서,

　　달도 달도 붉기도 붉다

　　저그 저그 저 달은

　　아무디 사는 아무개 각시를 보련마는

　　나는 나는 두 눈을 각고도

　　어이히서 못 보넌고

허고 노래 부르듯기 조그만헌 소리로 읊주렀어. 이 읊주니는 소리를 마룽 밑이 있던 각시가 듣고

　　달도 달도 붉기도 붉다

　　저그 저그 저 붉은 달은

　　구렁덩덩 시선부를 보건마는

　　나는 나는 두 눈 각고도

　　구렁덩덩 시선부를 못 보넌고

허고 조그만헌 소리로 노래 허듯기 읊조렀어. 그렇게 구렁덩덩 시선부는 사방을 둘러봤어. 사람이라고는 암도 안 뵝게 또 한 번 그리 봤어.

(…) 먼저 각시허고 살기로 히각고 둘이는 잘 살었다고 허넌 이야기

172

여. *

오랜 묵상생활 후 고요해진 마음속에 들리는 음성이 있었습니다.

'우리는 피차 측은지심을 품고 서로서로 사랑해야 할 미숙한 존재일 뿐이라.'

결혼생활 30년이 지나서야 깨달았습니다.

'내 눈 속에 있는 들보는 보지 못하고 남의 눈 속에 있는 티끌만 탓하였구나.'

그 후, 남편을 모습 그대로 이해하고 사랑하는 아내로 성숙해 가기 시작했습니다. 마음이 비워지는 대로 거기엔 기쁨과 감사가 차오르기 시작했습니다.

'그동안 우리 서로 얼마나 외로운 사람들이었나.'

그 밤 주님께서 저를 찾아와 보여 주고 들려주신 말씀과 행위는 저를 위로하고 격려하는 선물이었습니다.

사랑은 자기를 낮추고 때로는 자기를 온전히 버리는 자리까지 내려가야 했습니다. 제가 먼저 낮은 자리로 내려가 남편을 섬겼습니다. 남편도 저를 귀히 여겼습니다.

"지난 55년 동안 나를 참아 주고 애쓴 당신, 그동안 고생한 거 이제는 내가 다 갚아 주리다."

남편은 진심으로 고백합니다. 자주자주 고백합니다.

---

* 앞의 책, 295~297쪽

"나는 철드는 데 70년 걸렸어요. 전에는 손끝에 물 한 방울 묻히지 않았다오. 나는 0점짜리 남편이었어요. 속죄하는 마음으로 우리 할머니를 섬겨요."

남편은 사람들에게 그리 말합니다. 그때마다 저는 참으로 부끄럽습니다. 싸늘하던 뱀 허물을 완전히 벗고 지혜로운 셋째딸로 조금씩 성숙해 갑니다. 남편도 온전하고 멋진 구렁덩덩 시선비로 제 앞에 다시 나타났습니다. 우리는 서로를 바라보는 눈에 방금 만난 연인 같은 애틋한 미소가 늘 있습니다. 사랑이란 살아가면서 고난의 언덕을 넘고 넘어 이루어 가는 것이었습니다.

아버지 1

1945년 8월 15일 해방이 되었습니다. 아버지, 저는 그때 여덟 살이었고 그해 가을 뒤늦게 초등학교에 입학하고 기뻐했습니다. 그게 해방 덕이라고 생각했지요.

이제는 그 무서운 '공출' 때문에 어른들이 한숨을 쉬지 않아도 될 거라고 안심했습니다. 일제 말이 되면서 특히 쇠붙이 공출이 심했던 걸 저도 보았습니다.

명절 전 날이면 마당에 가마니를 죽 펴놓고 놋그릇을 닦는 건 아이들 차지였습니다. 용케도 잘 숨겨 놓아 공출을 피한 우리 집에서는 놋그릇을 썼습니다. 식솔이 늘 열다섯쯤은 되었던 때 식량이 부족하면 끼니를 죽으로 때우기도 했지요.

하루는 큰 솥에 콩죽을 끓여 식히기 위해 우물가로 들고 가던 어머니가 그 죽을 다리에 쏟고 말았습니다. 순간 찬물을 끼얹었고 손으로 죽을 훑어 내렸지만, 피부가 벗겨진 어머니는 오래도록 고생하셨습니다. 그 화상으로 어머니 다리에는 큰 흉터가 남아, 가끔 그 흉터를 드러내고 그 시절 고생했던 이야기를 들려주시곤 했습니다.

물건을 걷어 가는 공출만 있는 게 아니었습니다. 처녀들은 위안부로 끌려가고 남자들은 군수공장이나 군대로 끌려갔습니다. 우수한 학생들을 일본에서 공부시켜 준다면서 소년기술병을 모집하기도 했습니다. 맏아들인 오빠는 소학교를 졸업하자 일본으로 유학을 갔습니다. 그러나 학교가 아니라 군수공장에서 일을 한다는 편지가 왔습니다. 편지와 함께 보내 온 사진 속 오빠는 일본군인 같은 제복을 입었습니다. 공장에 들어가 있다는 소식에 아버지는 급히 일본행 배를 탔습니다. 아버지가 챙겨 가신 것은 가족사진과 미숫가루였습니다. 그때 사진관에서 찍은 것이 태어나서 처음 찍은 사진입니다.

결국 오빠는 1년 후 집으로 돌아왔습니다. 맹장염에 걸린 오빠를 꾀병을 앓는다며 방치해 결국 복막염이 되었답니다. 위험한 지경에 이르자 집으로 연락이 와, 아버지가 일본으로 가서 데려왔습니다. 집으로 돌아온 오빠는 광주의 명문 서중학교에 들어갔고, 중학 5학년 때 한국전쟁이 일어났습니다. 참 불행한 시절이었습니다.

아버지는 당신의 꿈을 오롯이 아들에게 쏟으셨던 거 같습니다. 큰아들을 어느 귀족 집 자식 못잖게 뒷바라지하며 가르치셨지요. 오빠 방에서 들려오던 애절한 바이올린 선율이 〈G선상의 아리아〉라는 걸 그때 알았습니다. 도청 곁에 있던 무덕관(지금의 체육관)에서 펜싱 연습하는 오빠를 구경하러 다니기도 했습니다. 예술제가 많았던 그 시절 광주는 명실상부한 문화도시였습니다. 예술제 때 독창을 하던 오빠를 우리는 오래 기억하며 그리워했습니다. 〈바위고개〉를 불렀던 오빠를 친구들은 '바위고개'라는 애칭으로 불렀습니다.

오빠는 어머니가 힘든 집안일에 지쳐 계시면 "어머니, 제가 바이올린 켜 드릴까요?" 하면서 재롱을 부릴 줄 아는 상냥한 아들이었습니다. 음악을 좋아하던 어머니에게 얼마나 큰 위로가 되었을까요? 아버지나 우리 가족 모두에게 자랑이었고 큰 기쁨이었던 오빠, 이웃에게도 늘 칭찬 듣던 한 젊은이를 전쟁은 다시 돌아올 수 없는 곳으로 데려가 버렸습니다.

아버지,

1950년 여름, 그때 저는 초등학교 6학년이었습니다. 전쟁이 일어났다며 아버지는 네모 상자같이 생긴 라디오를 켰습니다. 그러나 이승만 대통령은 국민들에게 걱정하지 말라며 계속 안심시키는 방송을 내보냈습니다.

7월 23일 일요일 아침. 아버지는 빨리 피난 갈 준비를 하라고 이르시고 급히 밖으로 뛰어나가셨습니다. 어제까지도 우리를 안심시키던 라디오 방송을 들었는데, 그날 인민군이 광주까지 내려왔습니다. 어머니는 대소쿠리에 보리밥을 가득 퍼 담아서 들고 나오다 우물가에 소쿠리를 팽개친 채 방으로 뛰어 들어가셨습니다. 방 안에는 생후 2개월이 채 안 된 막내동생이 있었습니다. 아기를 안고 급히 나오던 어머니는 돌에 걸려 넘어졌습니다. 아기가 멀리 나가 떨어졌습니다. 우왕좌왕, 집안이 온통 아수라장이었습니다.

우리 가족은 아버지가 급히 구해 오신 트럭을 타고 고모네로 피난을 갔지요. 고모 집은 시내에서 멀리 떨어진 월산이라는 시골이었습니다. 궁핍했던 시골 생활은 제 편식을 고쳐 준 좋은 기억도 남겼습니다. 된장찌개 안에 들어 있는 멸치를 싫어했던 저는 '어른들은 왜 이런 비린 것을 여기 넣을까?' 늘 투정을 부렸는데, 거기서는 그 멸치도 맛있었습니다. 지금은 국물 낸 퉁퉁 불고 간 빠진 멸치도 고추장 찍어 맛있게 먹습니다. 고생이 약이 되었습니다.

고모네 집으로 피난 간 며칠 후 아버지는 고모님 댁에 우리를 맡기고 괴나리봇짐 하나 짊어지고 어디론가 서둘러 떠나셨지요. 아버지가 왜 몸을 피하셔야 했는지 그때는 몰랐습니다.

아버지는 물려받은 재산 하나 없이 어린 나이에 부모를 잃고 고아가 되었지만 빈주먹으로 성실하고 부지런히 일해서 자립했습니다. 그리고 고향에서 성공한 사업가가 되었습니다. 결혼해서 가정을 이루고 가족을 풍족하게 돌보셨지요. 어려운 사람들에게 일자리를 주고 입은 옷도 벗어 주는 착한 사람이었습니다. 많은 사람들이 일거리를 얻으러 아버지 공장에 오는 것을 보면서 자랐습니다. 나중에 들었습니다. 아버지가 큰 사업가여서 인민재판 명단에 올라 있었다는 것을. 부르주아로 낙인찍힌 거지요. 착한 우리 아버지, 다행히 인민재판은 피했지만 아들 잃은 슬픔은 이겨 내지 못하셨습니다. 전쟁은 우리가 당연히 우리 것이라고 누리며 살아왔던 것들을 하나씩 가져갔습니다.

어느 날, 어머니가 말씀하셨습니다.
"너희는 어린애들이니까 별일 없을 거다. 집에 좀 가 살펴보고 오너라."

많은 사람들이 집을 비우고 피난을 떠난 도시는 한산했습니다. 그런데 이게 어떻게 된 일인지요? 우리 집에 누군가가 살고 있었습니다. 아버지 밑에서 안락의자를 만들던 아저씨가 가족을 거느리고 들어와 있는 거예요.

아버지는 광주에서는 처음으로 현대식 기계를 설치하고 '대중목공소'라는 이름으로 공장을 운영하고 있었습니다. 갑자기 주인이 뒤바뀐 세상이 되었습니다. 세상에는 궁지에 몰린 남의 처지를 이용해 약삭빠르게 이익을 챙기는 사람들이 있었습니다.

어린 우리는 날마다 월산에서 30리쯤 되는 길을 걸어 광주 남동 집을 오갔습니다. 우리가 즐겁게 살던 집이 거기 있고 그 집이 그리웠기 때문입니다.

그해는 유난히 가뭄이 심했습니다. 바싹 마른 흙길은 발자국을 따라 먼지가 푸석푸석 연기처럼 피어올랐습니다. 햇볕이 뜨거운 8월, 목화밭에서 목화 꽃송이로 마른 목을 축이며 다녔습니다. 목화 꽃에서는 시원하고 달달한 물이 나왔습니다.

그 무렵 오랫동안 소식이 없던 아버지가 불쑥 시골에 나타나셨습니다. 아버지의 봇짐 안에는 어머니의 하얀 세모시 한복 한 벌만 남아 있었습니다.

"힘에 부칠 때마다 하나씩 버리고, 어떤 것은 밥 한 사발과 바꾸곤 했다만 이것은 너희 어머니가 좋아하고 아끼던 옷이라 내가 잘 가지고 왔다."

초라한 모습과는 달리 아버지는 호탕하게 웃으셨지요. 짊어졌던 짐을 벗어 내려놓으시는 아버지 어깨는 깊은 골이 패이고 피멍이 들어 있었습니다. 얼마나 힘들게 숨어 다니셨는지를 그 피멍이 말해 주는 듯했습니다. 아버지와 함께 돌아온 하얀 세모시 한복을 생각할 때면 아버지의 애틋한 사랑과 홀로 철부지 자식들 데리고 35년을 살아 내신 어머니의 외로우셨을 세월에 가슴이 아파 옵니다.

날마다 우리가 집에 드나들고 아버지가 돌아오셨다는 이야기를 들은 후, 안락의자 기술자 아저씨네 가족은 어느 날 흔적도 없이 사라졌습니다.

"이제 집으로 가도 될 것 같으니 어서 돌아가자."

부모님과 함께 집으로 돌아오기는 했지만, 먹을 것이 떨어진 우리는 장사를 시작했습니다. 어른들은 집에 숨어 있고 저와 동생이 고구마를 사다 쪄서 팔았습니다. 고구마를 담아 간 함지박 가운데에 널찍한 널빤지를 가로질러 놓고 그 위에 고구마를 몇 개씩 무더기를 만들어 놓고 팔았습니다. 어려운 시절에는 고구마가 배고픈 서민들의 귀한 식량이었습니다. 팔다 남으면 끼니를 이을 수도 있으니 고구마 장사가 쏠쏠했습니다.

사람이 많이 지나다니는 전남대학 부속 병원 앞으로 장사를 나갔던 날이었습니다. 갑자기 고막이 찢어질 듯 쒸~잉! 하는 날카로운 쇳소리가 났습니다. 바로 뒤이어 수십 대의 B29 폭격기가 나타났습니다. 그 비행기는 큰 소리를 지른 다음 몸체를 드러내는 기분 나쁜 놈입니다. 하늘을 올려다보니 쥐똥 같은 폭탄이 새까맣게 떨어지기 시작했습니다.

'폭탄은 45도 각도로 떨어진다지.'

고구마를 팔던 우리에게 하얀 모시 두루마기 입은 노인이 가르쳐 주었던 말이 생각났습니다. 저는 있는 힘을 다해 반대 방향으로 뛰기 시작했습니다. 거적으로 앞을 가린 어느 집 측간이 눈에 보였습니다. 급히 뛰어 들어가서 머리를 처박고 숨었습니다. 계속해서 쿵쿵쿵 폭탄 터지는 소리가 났습니다. 얼마를 지났을까, 사방이 조용해서 나가 보니 새빨간 불길이 전남대학 병원 쪽에서 높이 솟고 있습니다. 그 병원에는 인민군 부대가 주둔해 있었고 많은 부상자가 있었습니다.

그날 큰오빠는 온몸에 하얀 흙가루를 뒤집어쓴 채 집에 들어왔습니다. YMCA에 갔다가 폭격을 당해 무너진 건물 더미에 깔렸으나 깜깜한 어둠 속에 한 줄기 빛이 들어오는 곳이 있어 구사일생으로 살아 돌아왔다 했습니다. 아버지는 '우리 상연이는 사막에다 내다버려도 살아 돌아올 녀석'이라며 기뻐하셨지요, 그때는.

어느 달 밝은 밤이었습니다. 큰길 가에 판자를 깔고 앉아 달구경을 하고 있었는데, 인민군들이 큰길 양쪽으로 길게 줄을 지어 밤새 지나갔습니다. 지금 기억하기로는 모두 어린 청소년들이었습니다. 누더기 같은 해진 옷을 걸치고 지친 모습으로 터벅터벅 걸어갔습니다. 애처로웠습니다.

새벽녘에는 잠결에 어렴풋이 총 소리를 들었습니다. 따다닥 따다닥 딱~쿵. 새벽이 훤히 밝아올 때까지 계속 들렸습니다. 어른들은 지난 밤 지나가던 인민군들이 산 속에서 모두 죽었을 거라 했습니다. 밤에는 인민군, 낮에는 국군, 새벽에는 총소리. 그러면서 며칠이 지났을까요? 전쟁이 끝나고도 오래도록 비행기 소리와 총 소리가 나면 무서워서 온몸이 오그라들었습니다. 자고 일어나면 지난 밤 누구네 아버지, 누구네 아들을 데려갔다는 말이 들렸습니다. 전쟁은 끝났다는데 무서운 일은 계속 일어났고 민병대가 사람들을 불러내 트럭으로 실어다가 산 채로 산에 묻거나 방죽에 그냥 쏟아 부었다고 했습니다. 사람들이 밤도깨비 낮도깨비가 되어 서로 죽이던 때였습니다. 마치 마녀사냥 같았습니다. 이념이 무엇인지도 모르는 사람들이 평소 미워하던 감정을 그 참에 서로 앙갚음한 것이지요. 왜 죽어야 하는지 모른 채 사람들은 그렇게 없어졌습니다. 그리고 우리 집에도 그 어두운 그림자가 찾아들었습니다.

인민군이 광주에 들어오기 전 담양에 사는 고모님이 돌아가셨습니다. 큰오빠는 가족 대표로 장례식에 갔다가 며칠 후 겨우 집에 돌아왔지만 피난길을 놓치고 말았지요. 큰오빠는 뒤뜰에 굴을 파고 숨어 지냈습니다. 끼니를 나를 때마다 이웃집 개가 짖었습니다. 우리 집 둘레에 살던 좌익사상을 가진 친척들이 신고를 했습니다. 오빠 친구들 중 좌익운동을 하던 학생들이 와서 오빠를 데려갔습니다. 전쟁은 끝나고 평화가 찾아왔다는데 큰오빠는 돌아오지 않았습니다. 아버지가 미친 듯이 수소문했지만 소식을 알 수가 없었습니다. 온 가족이 날마다 울면서 그렇게 기다렸는데도 끝내 돌아오지 못했습니다. 이제나 저제나 오라버니 소식을 기다리던 어느 날, 아버지가 몹시 흥분한 모습으로 들어오셨습니다.

"상연이를 붙들어 간 주동자가 서인교 놈이라는 구나!"

서인교는 제 담임이었던 서영교 선생님의 동생입니다. 다음 날부터 저는 학교에서 골진 얼굴로 선생님을 피해 다녔습니다. 땅꼬마인 저를 귀여워하던 선생님이었습니다. 만나기만 하면 그냥 못 지나가시고 번쩍번쩍 안아 주시던 선생님. 어느 날, 선생님은 학교 공부가 끝나고 저를 부르셨습니다.

"해숙아, 너 요즘 무슨 일이 있느냐?"

그동안 있었던 집안일을 모조리 말씀드렸습니다. 선생님과 저는 부둥켜안고 서럽게 울었습니다. 제 마음속 전쟁은 하루도 끝나지를 않았습니다.

아버지,

초등학교를 졸업하고 헤어진 그 선생님을 40여 년 후에 다시 만났습니다. 어렵게 찾은 선생님은 목포의 한 초등학교 교장선생님으로 현직에 계셨습니다. 선생님은 당신 동생 소식을 알려 주었습니다. 자수해서 살아남았고, 모 은행 지점장으로 있다 은퇴하고 지금 서울에 살고 있다고 했습니다. 오빠 소식이 알고 싶어 선생님을 찾은 것이었지만, 끝내 그 말은 꺼내지 못했습니다. 저는 오월이 오면 해마다 선생님을 찾아뵙고 5. 18 전야제에 참석합니다. 저녁 땅거미가 금남로 길바닥에 깔리기 시작하면 살아 있는 사람과 억울하게 죽은 혼령들이 함께 모여 늦도록 진혼굿을 합니다.

이제 선생님도 돌아가시었습니다. 선생님 동생도 만나지 못했습니다. 그냥 망월동 묘지에서 주검도 찾지 못한 큰오빠를 만납니다. 해마다 그럽니다. 망월동 묘지에는 얼마나 많은 억울한 주검들이 외롭게 누워 있는지요. 평화가 없는 마음속에 전쟁은 아직도 진행 중입니다.

아버지 2 - 아버지의 한을 찾아서

"니들 할무니 할아부지는 금슬 좋고 얌전하기로 마을에서 소문 난 어른이셨단다. 그런데 두 분이 한날 한시에 돌아가셨어야. 그 사연 이 기막히구나. 어느 해 마을을 휩쓸고 지나간 염병에 많은 사람이 죽었는디, 니들 할무니가 그 병에 걸리셨드란다. 서당 선생님이셨던 니 할아부지가 글공부를 마치고 집에 들어서는데, 병을 앓던 할무니 가 방금 돌아가시드래. 급히 할무니한테 가 얼굴을 들여다보시던 할 아부지, 억 하며 쓰러져 숨을 거두셨단다. 어린 새끼들을 여섯씩이나 두고, 쯧쯧……. 여섯 자식 가운데 다섯째가 니 아부지다."

어머니는 이 이야기를 우리에게 자주 들려주시곤 했습니다. 어머 니도 어렵게 살기는 아버지 못지않았지만, 아버지의 어린 시절 이야 기는 그런 어머니에게도 기가 막힌 이야기였나 봅니다.

집에 오는 사람 그냥 보내지 않고 정성스럽게 끼니를 대접하는 어 머니의 후한 인심 탓인지 어린 시절 우리 집에는 늘 손님이 많았습 니다. 특히 오만 가지 장사꾼이 정거장처럼 들르곤 했습니다. 염료장 수 할머니가 오는 날이 저에게는 가장 신나는 날이었습니다. 할머니 가 머리에 이고 온 목판을 마당 가운데 있는 평상에 내려놓으면 아이들이 우루루 모여듭니다. 할머니가 내려놓은 직사각 목판에는 물감가루를 약봉지처럼 싼 쌈지가 가지런히 몇 줄로 놓여 있었습니다. 누렇게 변한 잡지를 찢어 낸 것 같은 종이였습니다. 마당 한구석에 돌덩이를 쌓아 올려놓은 가마솥에 불을 지피는 어머니 손이 바빠지기 시작합니다. 마음에 드는 색깔을 고르고 물에 풀어 천을 담가 보고 솥에 넣어 푹푹 삶았던 것 같아요. 그러면 아름다운 형형색색 천들이 빨랫줄에 널렸습니다. 아이들은 물감을 골라내고 자기 옷가지를 담가 보는 재미로 종일 시끌시끌했습니다. 뜨거운 여름날, 이글거리는 장작불과 갖가지 아름다운 색깔로 변해서 빨랫줄에 주룩 널린 천 조각들이 신기했습니다. 오래도록 흥분이 가라앉지 않았습니다.

종일 들떠 있던 날 밤에는 더 신났습니다. 어머니는 좁은 방에 옹기종기 모인 우리를 데리고 놀이판을 벌이셨습니다. 촉수 낮은 전등 불빛을 따라 방벽에 손가락으로 여러 가지 동물 모양을 만들어 비추는 그림자놀이, 서로 마주 보고 다리를 하나씩 끼고 앉아 '한 다리 두 다리 열두 다리 느그 삼촌 어디 갔냐?' 노래를 부르며 다리뽑기 놀이를 했습니다.

어머니는 당신이 살아오신 지난날 이야기나 옛이야기도 들려주셨습니다. 아버지는 성품이 담백하고 당당한 분이셨습니다. 어머니와 달리 교훈이 담긴 이야기를 많이 하셨지요.

'남에게 칼이나 가위 같은 위험한 물건을 줄 때에는 거꾸로 들고 손잡이를 상대 쪽을 향해 주어야 한다.'

'책을 많이 읽어야 세상을 지혜롭게 살아갈 수 있단다. 삼국지 같

은 책을 읽어라.'

'누워 있는 사람 머리 위로는 지나가는 거 아니니라.'

사람에게는 몸과 영혼을 이어 주는 혼줄이라는 게 있는데, 사람이 자는 동안에는 혼이 몸 밖으로 빠져 나가 자유롭게 돌아다닌대요. 그때 누가 그 사람 머리 위로 지나다 잘못해서 그 줄을 끊어 놓으면 혼이 몸으로 돌아오지 못해 죽는 거래요. 그래서 많이 놀라면 '혼쭐 (줄)났다' 그러나 봅니다.

아버지는 틈틈이 붓글씨를 쓰시면서 '붓글씨 연습은 마음을 다스릴 수 있는 힘을 얻는 데 도움이 된다'고 말씀하셨습니다. 잘못한 사람을 무섭게 꾸지람하실 때도 욕하시는 건 들어 보지 못했습니다. 자식을 여럿 기르면서도 누구를 차별하거나 딸이라고 "이 계집애가!" 같은 소리를 하지 않으셨습니다. 딸이라고 홀대받아 본 적이 없습니다.

아버지가 붓글씨 연습하실 때 우리는 곁에서 벼루에 물을 붓고 먹을 갈아 드렸지요. 먹을 갈 때의 그 매끄러운 느낌이 참 좋았습니다. 아버지는 하얀 종이에 그림을 그리기도 했습니다. 정물화나 풍경, 사람 얼굴과는 다른, 정말 무엇을 그리신 건지 상상할 수 없는 그림이었습니다.

"아부지, 이게 뭐예요?"

"응, 장롱을 만들려고 설계도를 그린다."

설계도가 뭘까? 그때는 알아들을 수 없었습니다. 아무리 들여다 보아도 이해할 수 없는 그림, 설계도라는데 방 안에 있는 서랍장이나 반달이 모양 같은 그림, 또는 아버지가 만드시는 여러 가지 작품 모양은 어디에서도 찾아볼 수 없는 그림이었습니다. 나중에 들은 얘기지만 아버지는 서울대학교 건축과 다니던 사촌 작은아버지에게 학비를 대주셨다지요. 그리고는 가까이서 어깨너머로 설계도 그리는 걸 설핏설핏 보셨을 뿐이라는데, 나무로 만드는 것은 뭐든지 스스로 설계도를 그려 창작품을 만든 총명한 분이었던 거죠.

제가 더 좋아했던 게 또 있었답니다. 한 번도 멋지다고 말씀 드린 일은 없지만, 아버지는 저에게 환상의 세계를 만나게 해주셨습니다. 조개껍데기를 한 바가지 꺼내 놓고 종이에 밑그림을 그린 다음 작품을 만드실 때, 희미한 전등불빛 아래 조개껍데기가 형형색색으로 빛을 발했습니다. 그게 전복 껍데기라고 가르쳐 주셨죠. 자개장을 만드는 조개 껍데기가 '금조개'라는 걸 나중에 알았습니다. 아버지는 혼자 생각하면서 갖가지 동물, 나무, 꽃들 모양을 만들었습니다. 가게에는 아버지가 만드신 화려한 자개장롱이 가득 있었습니다.

아버지는 저 다섯 살 때 쯤 호남 지역 내 목공예대전에 담배 진열장을 만들어 출품하셨다지요. 그 작품이 일등에 당선된 후 아버지 이름이 더 알려지고, 지역 관공서의 일까지 도맡게 되신 거지요. 일꾼들과 함께 찍은 기념사진이 지금 저에게 있습니다. 멋진 모자를 쓰신 자랑스러운 우리 아버지가 사진 속에 있습니다.

성실하고 착하게 사신 아버지 어머니, 특히 어려운 사람을 잘 대접하시던 모습을 또렷이 기억합니다. 입고 있던 저고리도 벗어 주고, 손목에 차고 있던 시계도 풀어 줘서 어머니가 툴툴대시던 그 작은 목소리도 기억납니다. 그러시던 어머니는요. 자주 놀러 오시는 이웃 할머니께 늘 정성껏 밥상을 차려 드렸잖아요. 주름이 자글자글한 할머니의 까만 주먹 안에는 굵은 소금이 있었습니다. 입이 싱겁다 하면서 소금을 입에 넣고 오물거리셨습니다. 그때는 왜 그러시는지 몰랐습니다. 나이 들어 이제야 노인을 이해합니다. 반찬이 짭짤해야 밥이 잘 넘어가는 이 노인의 입맛이라니……

따스한 볕이 땅에 내려오고 봄눈이 녹기 시작하면 무등산 골짜기에 사는 아주머니들이 커다란 광주리에 산나물을 한가득 이고 와서 우리 집 마루에 쏟아 놓습니다. 깊은 산에서 뜯어 온 나물에서는 쌉쌀하고 풋풋한 향이 짙게 풍겼습니다. 요즘 나물에서는 맡을 수 없는 그리운 향입니다. 우리 집에는 무등산에서 자란 푸성귀가 봄소식을 가장 먼저 가져왔습니다.

어린 나이에 부모를 한꺼번에 잃고 친척네서 머슴살이를 시작으로 자수성가하신 아버지, 오히려 어려운 친척, 이웃을 돌보며 사신 아버지, 그 당당하던 아버지는 아끼던 큰 자식을 잃었을 때 무참하게 무너지셨지요. 그 자식은 곧 아버지의 자존심이었으니까요. 6. 25 한국전쟁은 아버지의 모든 것을 빼앗아 갔습니다.

평화가 어떻게 깨지는지, 성실한 한 인간이 어떻게 파멸해 가는지 저는 똑똑히 보았습니다. 저에게도 큰오빠는 첫사랑이었습니다. 열세 살 소녀였던 저는 오빠를 잃고 글을 쓰기 시작했습니다. 울안 마당에 있는 채마밭에 토마토가 열리면 거기에 오빠에게 보내는 그리

움의 마음을 새기곤 했습니다. 희미한 흔적만 남는 그림이나 글을 연필로 정성껏 그리고 썼습니다. 눈으로 보이지 않아도 상관없었습니다. 오빠는 토마토를 좋아했어요. 저도 토마토를 좋아해요. 지금도 가장 좋아하는 과일입니다. 그 이후부터 일기를 쓰기 시작했습니다. 혼자 시인이 되고 소설도 쓰고 싶은 마음이 싹트기 시작했습니다. 외로움을 그렇게 달래며 소녀시절을 보냈습니다. 그러나 마음에는 전쟁에 대한 공포와 분노를 간직한 채로.

여수·순천 사건(1948년 10월 19일~27일) 이후 광주에는 학생들 사이에도 좌우익 이념 대립이 치열했습니다. 큰오빠가 6. 25 한국 전쟁 때 좌익학생들에게 붙들려가게 된 첫 번째 까닭은 서중학교 훈육 선생이었던 큰집 사촌오빠 때문이었습니다. 알 턱이 없는 사촌오빠의 행적을 대라는 거였습니다. 반죽음이 되도록 구타와 수모를 당해야 했던 죄목이 겨우 그것이었습니다. 몇 시간이 지나도 큰오빠가 돌아오지 않자 작은오빠가 서중학교로 찾아갔습니다. 어느 빈 교실 바닥에 큰오빠 혼자 쓰러져 있고 주위에는 굵직한 각목들만 흩어져 있었답니다. 가해자들은 다 떠나고 없었습니다. 아버지가 사건의 경위를 물어도 큰오빠는 끝내 입을 열지 않고 누구도 원망하지 않았습니다.

병원에 갈 형편이 못 되고 약을 구할 수도 없던 때라 민간요법에 기댈 수밖에 없었습니다. 여기저기 새까맣게 멍든 몸에 말똥이 좋다 하여 저와 동생은 길거리를 헤매며 말똥을 주워 왔습니다. 오빠는 말똥 끓인 물을 마셨습니다. 겨우 건강이 회복되어 갈 즈음 이번에는 북에서 내려온 김일성대학 예술대생들이 아버지를 찾아와 회유했습니다.

"당신 아들을 우리 위문단에 보내십시오. 어차피 여기 있어도 살 수 없습니다."

바이올린을 가지고 끌려가면서 고개를 돌려 작은오빠를 바라보던 큰오빠의 눈, 그 모습을 잊을 수 없다고 저에게 이야기하던 작은오빠는 차오르는 슬픔을 견디지 못하고 헉헉 울고 말았습니다. 기회를 틈타 도망하겠노라고 아버지를 위로하고 떠났지만, 그 길이 가족과 다시 만날 수 없는 마지막 이별이 되고 말았습니다.

위문단을 태우고 여수 돌산을 향해 가던 배는 우리 경찰의 사격을 받고 바다에서 몰살을 당했다는 후문만 돌았습니다. 이런저런 소문이 난무해서 정확한 소식은 지금껏 모르고 있습니다. 그 즈음의 세상사 진실을 밝힌다는 게 어디까지 가능할까요.

피어 보지 못한 채 바다에 묻힌 아름다운 꽃봉오리, 큰오빠의 주검만이라도 만져 보길 우리 가족은 얼마나 바라고 바랐던가요. 밤마다 술 드시고 꺼억꺼억 섧게 우시던 아버지, 우리 어린 자식들은 아버지를 붙들고 함께 울었습니다. 아버지의 깊은 회한과 슬픔을 이해하지 못한 채 그저 위로했습니다.

"아버지, 아버지, 저희가 있잖아요."

그 억울한 죽음을 아무도 책임져 주지 않는 게 전쟁의 악한 본성입니다. 전쟁을 누가 일으켰을까요? 부와 권력을 가진 자는 도망갔다 돌아오고, 땅을 지키고 집을 지킨 민초들은 오히려 억울한 누명을 쓰고 죽임을 당합니다.

북에 협조했다는 이유로 우리 집은 가택수색을 당했습니다. 물론 진실이 밝혀져 후사는 없었지만 아버지가 당한 분노와 수모는 아들을 잃은 슬픈 가슴을 더욱 후벼 파고 억울한 상처를 남겼습니다. 전쟁이 왜 일어나는지도 모르는 민초들은 적군에게 아군에게 시달리다 까닭도 모른 채 죽임을 당했습니다. 국가가 마땅히 지켰어야 할 땅과 백성들을 당신들이 지키느라 애썼다고 위로할 국가는 어디 있습니까? 보호해야 할 백성을 버리고 가서 미안하다고 고개 숙일 국가의 어른을 기대할 수는 없는 겁니까? 큰오빠의 죽음에서 전쟁의 실상을 똑똑히 보았습니다. 스스로 목숨을 끊으신 아버지로 인해 선량하고 성실한 인간이 어떻게 파멸해 가는지도 알았습니다. 정의로운 국가란 어떠해야 하는지도 생각하게 되었습니다.

이런 모든 기억들은 6. 25 전쟁이 일어나기 전, 우리 집이 평화로웠던 시절 이야기입니다. 전쟁 후로는 다시는 이런 이야기를 이어갈 수도 없이 우리 가족은 뿔뿔이 흩어져 각기 다른 추억을 엮으며 살아왔습니다.

어머니 아버지를 닮아 성실하게 살아온 우리는 지금은 모이면 서로 칭찬하며 하나님께 감사드립니다. 모진 세월을 잘 견디어 낸 우리, 건강한 가정을 꾸리고 살고 있습니다. 살아남은 아버지의 여섯 자식들이 모두 하나님을 섬기는 것도 고마운 일입니다.

치악산 자락에 함께 묻히신 어머니 아버지 산소에서 추도예배를 드릴 때 우리는 자식들까지 데리고 모입니다. 한 마음, 한 목소리로 기도하고 노래를 부릅니다. 마음이 한없이 평화롭습니다. 어머니, 아버지 좋으시지요.

아버지가 우리 곁을 떠나시고 오랜 세월이 지난 후 '바리데기' 혹은 '바리공주'라고 하는 옛이야기를 들었습니다. 이제는 아버지 잃은 슬픔 같은 감정은 남아 있지 않은 줄 알았는데 '바리데기'를 읽으면서 아버지에 대한 그리움과 아픔에 다시 힘들었습니다. 그 이야기를 듣고 어떻게 제 마음속에 아버지를 다시 살려 냈는지 얘기해 드리고 싶습니다.

다시 모인 여섯 형제자매

아버지, 아버지도 5월을 기다리시지요? 아버지의 여섯 자식들은 5월 5일 어린이날이면 어머니 아버지 뵈려고 원주공원 묘원으로 모입니다. 싱싱한 연초록 잎이 5월 햇살을 받아 반짝이는 빽빽한 숲길로 한참을 들어가면 갑자기 아름다운 동산이 눈앞에 펼쳐집니다. 서천 꽃밭처럼 아름다운 묘원입니다. 1993년 어머니 아버지 합장하여 모신 이후 해마다 여기 모여서 어머니 아버지 기일 추도예배를 드립니다. 기일이 공휴일이라니 신의 은총입니다. 자식들을 앞에 두고 싶은 부모님 간절한 마음이기도 하지 싶습니다. 손자 손녀들도 데리고 모입니다.

"오매 오매 우리 새끼들!"

"허허, 니들 왔냐?"

어머니 아버지 반가워하시는 목소리 들리는 듯합니다. 두 분 무덤에서 벌떡 일어나 절 받으십시오. 애지중지 기르신 자식들 이야기도 들어주십시오.

큰아들 잃고 혼이 나간 듯 휘청거리던 아버지 곁을 둘째 아들 상민 오빠가 지키고 있었습니다. 기울어 가는 아버지 사업을 끝까지 지켜본 아들이었습니다.

아버지가 떠나신 뒤 우리는 모두 흩어져 각자 길을 찾아갔습니다. 상민 오빠는 뒤늦게 군에 입대했습니다. 저 결혼식 올릴 때 휴가 나와서 아버지 대신 저를 신랑 곁으로 데리고 들어갔습니다. 군복을 입은 채였습니다. 갈아입을 양복이 없었기 때문입니다. 그러나 가난이 부끄럽지 않았습니다. 상민 오빠도 제대 후 결혼했습니다. 아들 둘을 길렀습니다. 큰 녀석이 성악가가 되었습니다. 결국 아들 대에 와서 오빠의 꿈이 이루어진 거 같습니다. 오빠가 그렇게 노래를 하고 싶어 했지만 큰아들을 잃은 아버지가 허락을 하실 수 없었던 까닭을 알 것 같습니다. 오빠의 작은아들은 목사가 되었습니다.

70년대 한국 젊은이들이 돈벌이를 위해 사우디로 몰려가던 때, 오빠도 집을 떠났습니다. 몇 년을 그곳에서 벌어 온 돈으로 집을 샀습니다. 결혼 초기부터 나타났던 류마티스 관절염으로 평생을 고생하면서도 오빠는 여전히 여든이 넘은 나이에 부지런히 직장생활을 합니다. 그 생활력은 아버지를 닮았나 봅니다. 가끔은 오빠가 우리 동생들에게 관심을 좀 가져 줬으면 하는 아쉬움이 있지만 아버지, 그건 지나친 욕심이지요? 그 몸으로 부지런히 일해서 먹고 사니 귀감이 됩니다. 고맙습니다.

셋째 아들 상해는 아들 둘에 딸 하나를 두었습니다. 상해 동생을 생각하면 가슴이 아릴 때가 있습니다. 상해는 저희 여섯 형제 가운데 가장 총명했습니다. 고향 광주에서 학교 선생님이었던 사촌 형부가 아까운 아이라고 당신이 데리고 공부를 시키겠다고 하는데도 부모님을 따라 원주로 떠났습니다. 아버지 따라다니며 고생을 가장 많이 한 우리 상해 동생, 학교를 제대로 다니지 못해 배움은 짧아도 아버지 밑에서 목수일 배워 그 기술로 밥 먹고 살았습니다. 저 시집 갈 때 작은 찬장을 손수 만들어 주었습니다. 아름다운 무늬로 장식한 찬장입니다. 60여 년이 지난 지금껏 가장 아끼는 부엌살림으로 잘 쓰고 있습니다.

상해 동생은 어질고 착한 성품대로 자식을 잘 길렀습니다. 뇌하수체에 문제가 생겨 뇌수술을 받고 입원해 있을 때 큰아들 충훈이는 다니던 직장에 사표를 내고 아버지 간병을 했습니다. 착한 충훈이가 할아버지 사업 재능을 물려받은 거 같아요. 사업을 잘합니다. 상해의 자식 셋이 아버지를 끔찍이도 귀하게 여깁니다. 아버지를 사랑하고 잘 모시네요.

"온유한 자가 복이 있나니"(마태복음 5장 5절) 하신 예수님 말씀이 동생한테도 그대로 이루어졌습니다. 교회에서 장로 직임을 받고 겸손과 충성심으로 교회를 섬기는 모습이 존경스럽습니다.

아버지가 세상을 등지고 떠나실 때 가장 걱정하고 안쓰러워하던 막내둥이 아들은 어떻게 되었는지 궁금하시지요? 지금 포항에서 장인 장모님 모시고 행복하게 살고 있습니다.

맏사위 제 남편이 어려운 중에 학비를 줘서 대학도 다녔습니다. 강원 도내에서 가장 우수한 학생이었던 막내는 의과대학에 가고 싶어 했습니다. 학교에서도 의대에 보내라고 집에까지 찾아와 권유했는데 그렇게까지는 뒷바라지를 못했습니다. 총명하고 성실한 우리 막내는 학비가 싼 항공대학을 졸업하고, 좋은 직장 다니다 정년퇴직했습니다. 퇴직 후 위암 수술을 받았지만 투병생활도 잘하고 지금 거의 완치되어 가나 봅니다. 유쾌하고 매사에 긍정인 우리 막내, 그 성품으로 병도 수월하게 이겨 내는 거 같습니다.

막내동생 일로 아버지께 용서 받고 싶은 사건이 있었습니다. 막내 열 살쯤 되었을 적, 마을 가게에서 물건을 훔쳤습니다. 저는 동생을 기둥에 세워 놓고 심하게 때려 주었습니다. 수치심과 분노로 매질을 했습니다. 얼마나 자비심 없는 바리새적인 신앙인이었는지요. 어린 동생을 향하여 긍휼함이 없는 차가운 누나였습니다. 제 체면이 더 중요했던 거지요. 옛이야기를 공부하며 그때의 제 마음자리 깊은 곳을 들여다보게 되었습니다. 막내에게 용서를 구했더니, 막내는 뜻밖의 대답을 했습니다.

"어? 저는 그 일을 따뜻한 추억으로 간직하고 있는데요. 그때 누님이 이불 덮어 주고 저를 쓰다듬어 주었어요."

막내는 저를 더 부끄럽게 했습니다. 저에게는 전혀 기억이 없는 일로.

아버지, 저를 용서해 주십시오.

해자, 해은이 그리고 저, 세 딸들도 잘 살고 있습니다. 최 씨 가문에서 야무지다고 칭찬 들으며 자란 딸들이잖아요. 어찌 생각하면 딸 셋이서 집안을 지켜 왔다는 자부심도 있습니다. 《토지》의 최서희만은 못하지만 나름 애를 쓰며 살았습니다.

광주 내려갈 때마다 남동에 있는 옛집을 찾아보았습니다. 그 집을 사서 아버지께 되돌려드리고 싶었습니다. 그러나 이제는 압니다. 하늘에 가 계신 아버지가 뭐라고 말씀하시는지를.

'애야, 그런 거 다 부질없는 일이니라. 걱정하지 말고 서로 사랑하며 살아라.'

올해도 감사로 추도예배 드리고 아버지 어머니 앞에서 저희 화목한 모습 보여 드리겠습니다. 아버지, 아마 하늘에서 상연 오빠가 우리 모습 보면서 가장 흐뭇해 할 거예요. 상연 오빠가 우리 모두를 교회로 데리고 갔으니까요.

바리공주 이야기에서 다시 만난 우리 아버지

1905. 11. 29. - 1959. 03. 25. 崔斗淳
1910. 09. 28. - 1993. 05. 05. 姜雙禮

세상에 오시어 착하게 살다 가신 부모님을 기리며 두 분의 삶을 따르려고 합니다.

아버지,

제가 좋아하는 '바리공주' 옛이야기가 있어요.

어렸을 적 이런저런 이야기를 듣고 자랐지만 '바리공주'는 들은 적이 없습니다. 어른이 되어 아이들 낳고 기르면서 옛이야기 공부하다가 만난 이야기입니다. 아마 어려서 들었으면, 아니 아버지 살아 계실 때 들었어도 이런 감동은 받지 못했을 것 같습니다. 제 마음에 들어오신 아버지, 아버지를 다시 살려 드리고 싶습니다. 아버지께 바리공주 이야기를 들려 드릴게요.

옛날 옛적 그 시절, 짐승도 말을 하고 새도 사람의 말을 알아듣던 때, 우리나라에 오구대왕이라는 왕이 살고 있었대요. 왕이 열여섯 살

되던 어느 날 이제 좋은 여인을 골라 혼례를 올리고 싶은 마음이 들었어요. 온 나라를 찾아다니어 꼭 맘에 드는 길대부인을 만났지만, 점치는 사람에게 물으니 올해 혼례를 올리면 칠 공주를 두시고 내년에 혼례를 올리면 세 왕자를 보실 거라고 하였대요. 그러나 왕은 청실홍실 걸어 놓고 그 해에 혼례를 하였어요.

아버지는 남보다 머리 하나 정도는 더 큰 키에 왕방울같이 커다란 눈을 가진 분이었지요. 황새처럼 긴 다리로 성큼성큼 걸으시던 아버지, 부지런하고 명석한 아버지 자수성가하여 모은 돈 있어 인형처럼 작고 예쁜 색시 얻어 장가 드셨지요.

일찍 어머니 잃고 친척네서 자라던 어린 색시 보자마자 맘에 들어 속히 데려오고 싶으셨던 아버지. 시집 올 준비하라고 돈까지 넉넉히 주고 기다리셨다지요.

우리 아버지 총각 때 성실하고 부지런하고 총명하시어, 머슴 살기 아까운 청년이라고 큰어머니가 가게를 차려 주었다지요. 가게를 차려 놓으니 일하기 싫은 사람들 모여들고, 날이 날마다 화투판 벌여 시끄러우니 아버지 성미에 꼴 보기 싫다며 가게 치우셨다지요.

눈썰미 있고 손재주 좋은 아버지, 목수 일 배워서 이것저것 만들어 장에 내다 파니 물건 좋아 잘 팔리고 신용 있어 단골 잡히니 돈 많이 버셨다 했어요.

오구대왕 혼례를 올리고 딸을 낳고, 딸을 낳았지만 아기를 분세수

시키고 비단옷을 입혀 은 쟁반 금 쟁반에 고이고이 길렀대요.

그러나 또 딸을 낳고 딸을 낳으니 탄식하기를 어찌하여 나에게는 아들이 없을까? 일곱째 공주를 또 낳으니 아아, 이번에도 딸이니 어찌 조상들께 아뢰올까? 나라가 편치 못할 아이만 태어나니 어서어서 뒷산에 버리라 하더랍니다.

아버지,

우리 어머니 열다섯 어린 나이에 시집 와 5년 후에야 아기를 가졌지만, 뱃속 아기 제대로 자라지 못하여 부실한 첫 아이 뱃속에서 죽었습니다. 다음에 얻은 아이, 영근 아들이었답니다. 또 얻은 아이도 아들이었습니다. 잘생긴 아들을 얻었지만 아버지는 어머니에게 딸을 낳아 달라, 당신 닮은 예쁜 딸을 낳아 달라 하셨다지요. 다음 아기, 아버지가 그토록 바라던 딸이었지만, 태중의 아기 여섯 달째 되었을 때 어머니 죽을병을 얻었답니다. 천지신명 도우셨는지 열 달째 아기를 낳았으나 겨우 숨만 할딱거리는 가죽뿐인 아기였대요. 아버지 놀라 "이게 사람이냐." 징그럽다며 아기를 버리라 하셨다지요.

지엄하신 왕명 어길 수 없고 어미 마음 차마 내다 버릴 수 없어 마구간에 버리니 말발굽에 밟히지 않고 소 외양간에 버려도 소뿔에 받히지 않고 개집에 버리니 젖을 먹이더래요.

산에 버려도 산짐승이 잡아먹지 않고 일곱째 공주 하얀 학, 푸른 학이 내려와 한 날개로 덮어 주고 한 날개로 깔아 주고 아름다운 날개로

부채질을 해 주니 산 이슬, 들 이슬을 받아먹고 아기는 무럭무럭 자랐대요.

오구대왕 죽지 않는 아기를 옥으로 만든 함에 넣어 바다에 버렸는데 마침 지나가던 가난한 할미, 할아비가 그 아기 거두어 길렀답니다.

태어나 버림받은 바리공주처럼 아버지의 심화를 돋우며 세상에 나온 모진 목숨, 사람 노릇 못할 듯했지만 어머니가 애처롭게 업어 길러 비실비실 살아남았습니다.

걸핏하면 코피 쏟고 학교 갔다 집에 돌아오면 그대로 쓰러져 잠들어 버린 애물단지. 이렇게 아버지 어머니 속을 태우며 자란 제가 아버지 돌아가신 후, 어머니와 동생들을 먹여 살린 가장 노릇까지 했답니다.

오구대왕이 버린 아기가 일곱 살이 되었는데 할머니 할아버지! 날짐승과 벌레, 만물이 다 어미 아비가 있는데 나는 어이 어미 아비가 없습니까? 하더래요.

할미 할아비가 하는 말이 하늘이 아버지요 땅이 어머니라.

할머니 할아버지, 거짓말하지 마소 하더랍니다.

6. 25 전쟁 때 큰아들을 잃은 아버지, 밤마다 술로 한을 푸셨지요.

알뜰살뜰 저를 사랑하고 교회로 인도해 준 오라버니를 잃은 저도 그 슬픔과 외로움을 교회에서 위로받으며 사춘기 소녀의 성장기를 넘기고 있었습니다.

"우리 해숙이는 커서 큰 학자가 될 터여. 일을 시키면 시킨 것보다 더 잘하고 틀림없거든."

기뻐하고 믿어 주시던 오라버니. 그러나 저는 아버지 몰래 교회를 다녀야 했습니다.

"응, 그 예수는 혁명가일 뿐이야. 그래, 교회 가면 밥이 나오냐, 돈이 나오느냐?"

기독학생 운동을 하고 회장이었다는 이유로 오라버니를 잡아갔는데 저까지 교회 나가니 아버지의 심화를 더 돋울 뿐이었겠지요.

하늘이 아는 아이, 일곱째 공주 버린 슬픔과 죄로 오구대왕 병이 들었답니다. 나라에 약이 없고, 세상에 약이 없고, 수양산 큰 바위 밑에 약물이 있다 하나 약을 구하러 가겠다고 나서는 이가 없었습니다. 저승 약인데 어찌 가오리오 합니다.

하나 남은 바리공주 찾으러 늙은 신하가 나섰답니다. 바리공주, 바리공주 하늘에서 내려온 아이도 아니고 땅에서 솟은 아이도 아니오. 아버지는 오구대왕 어머니는 길대부인!

바리공주 부르니 바리공주가 문을 열고

누가 날 찾소? 찾을 이 없는데 누가 날 찾소?

나라의 신하인데 오늘 일곱째 공주 찾으러 왔나이다.

아버지,

전쟁은 아버지의 모든 걸 빼앗아 갔고 아버지는 어둠을 틈타 고향을 떠나셨지요.

전쟁 일어나기 바로 전 광주에 조선대학이 설립되었습니다. 그때 아버지가 학교 안에 들어가는 모든 목재 시설물을 맡으셨다지요.

무등산 산자락 아래 산을 깎아 세운 우람한 그 학교가 아버지의 전 재산을 삼켜 버린 사실을 어린 저는 몰랐습니다. 수십 년이 지난 후 알았습니다.

"우리 아버지가 망한 1차 원인은 조선대학 짓고 돈을 받지 못해서 였단다. 내가 날마다 돈 받으러 다녔어야."

둘째 상민 오빠가 말했습니다. 초대 총장은 학교를 세우고 운영하면서 많은 사람에게 피해를 입혔다 했어요. 광주에 내려가 택시를 탔을 때 기사 양반한테도 들었어요.

수십 년 후에 학교를 찾아갔습니다. 어마어마하게 큰 학교가 되었고 교정은 온통 형형색색 장미꽃으로 화려하게 단장되어 있었습니다. 눈이 부시도록 하얀 건물이 커다란 공룡처럼 중앙에 떡 버티고 서 있습니다. 제가 어렸을 때 보았던 초기 건물, 본관입니다. 늦은 오후 석양빛이 내려앉아 분홍빛으로 물든 본관 건물은 아름다웠습니다. 제 눈에는 아버지의 피가 섞인 슬픈 색깔이었습니다.

빈털터리가 되신 아버지는 가족을 남겨 둔 채 홀홀단신 고향을 떠나셨습니다.

포기하는 일도, 절망하는 일도 없던 아버지, 평생을 고난과 맞서 싸우며 헤쳐 오신 삶터, 어린 나이에 부모를 잃고도 잘 살아 오신 아버지는 자식을 잃자 아버지의 재산을 몽땅 빼앗아 간 사기꾼과 싸울 힘마저 잃어버리신 겁니다. 모든 걸 포기하고 아버지는 대대손손 살아온 고향땅을 떠났습니다. 어두운 새벽 처량한 아버지 신세 가슴 아파 역으로 뒤쫓아 갔어요. 다행히 기차가 플랫폼에서 출발시간을 기다리고 있었습니다. 어느 칸에선지 아버지의 호탕한 웃음소리가 귀에 들렸습니다. 아버지를 찾았습니다. 아버지에게 위로와 용기를 드리고 싶었어요. 제가 가진 작은 성경책에 밑줄을 그어 아버지에게 드렸지요.

"깨어 믿음에 굳게 서서 남자답게 강건하여라."

(고린도전서 16장 13절)

호남선 3등 야간열차는 그렇게 송정리 역에서 오래 머물며 저를 기다려 주었습니다.

아버지를 태운 기차가 떠나고 빈 플랫폼에는 저 혼자만 남았습니다.

서늘한 새벽공기를 뚫고 희뿌옇게 밝아 오는 동편 하늘을 향해 가슴을 활짝 폈습니다.

바리공주 부모도 형제도 없는 줄 알다가 부모도 있고 형제도 있다는 말에 반가워 던지데기, 버리데기 소리 나던 곳으로 빨리 갔습니다.

오구대왕 만나고 길대부인 만나서 껴안고 울었습니다.

부모님 병 고칠 약수 물을 구해 오겠느냐?

여섯 언니 못 가는 길 어찌 제가 가오리오만은 이 세상 태어나게 한 부모 은혜를 입었으니 제가 가겠습니다.

아버지 돌아가시고 우리 여섯 형제가 연약한 어머니 모시고 어찌 살았는지 아득하기만 합니다. 아버지 고향땅 떠나신 후 저는 고아원으로 들어갔습니다.

광주의 어머니로 추앙받는 조아라 고아원 원장은 광주 YWCA 총무로 활동하고 있었습니다. 1956년, YWCA 전국대회가 서울에서 열렸을 때 저를 Y-Teen 대표로 데리고 가셨습니다. 대회 마지막 날, 원장님께 하루 말미를 얻어 혼자 인천에 올라와 계신 아버지를 찾아갔던 거예요. 돈 없던 저에게 그건 꿈만 같은 기회였습니다.

제가 YWCA 전국대회에 따라와 경무대(청와대의 옛 이름)에서 이승만 대통령을 만난 이야기를 해드렸지요. 서울 YWCA 총무로 있던 박마리아의 주선으로 고궁 답사도 했노라고 이야기해 드렸습니다. 4. 19 혁명이 일어나기 전 이기붕과 박마리아의 권력이 하늘을 찌를 듯했던 시절이었습니다. 아버지는 인천 배다리 시장 근처, 남의 집 문간방을 얻었습니다. 작은 부엌이 딸린 방이었습니다. 그 부엌에 작업대를 만들어 놓고 소품을 만들어 팔아 생활하고 계셨습니다. 그날 밤 아버지는 절 꼭 껴안고 주무셨습니다. 인천에서 벌이를 시작한 아버지는 그후로 가족을 불러 올렸습니다. 저는 고아원에 계속 머물면서 하던 공부를 마치겠다고 고향에 남았지요.

바리공주 남장하고 거친 세파 지나 백발노인, 신선을 만나니 이곳은 바람도 쉬어 가는 곳이고, 구름도 쉬어 가는 곳인데 네가 귀신이냐 짐승이냐?

귀신도 아니옵고 짐승도 아니옵고 저는 해 뜨는 나라 달뜨는 나라 해동 조선국에서 왔나이다. 약수를 구하러 가나이다. 해 뜨는 나라 달 뜨는 나라 칠 공주 있다는 말은 들었어도 일곱째 왕자 있다는 말은 못 들었구나.

낙화 세 송이를 줄 테니 급할 때가 나오면 흔들라. 신선은 사라지고 열두 바다, 천지에 가시밭, 극락과 지옥을 지나 무지개를 타고 산중으로 들어가니 키가 구척인 약수 지킴이 무장승이 나타났어요.

그대는 앞으로 봐도 뒤로 봐도 여자 몸이니 나와 부부가 되어 일곱 아기를 낳아 주겠느냐?

그것도 부모 위하는 길이라면 그렇게 하겠나이다, 하더랍니다.

아버지,

가족들이 떠나고 있을 곳이 없는 저를 고아원에 머물도록 받아 준 것만도 저에게는 큰 은총이었습니다. 전쟁 후 고아원 형편은 비참했습니다. 쌀 한 톨 섞이지 않은 청보리 밥과 찬 없는 멀건 된장국물뿐. 그마저 아침저녁 겨우 먹을 수 있었습니다. 미끄러운 청보리 밥을 소금국물에 먹기는 힘들었습니다.

어느 날 밤 우리 방 친구들과 몰래 장독에 가서 된장 항아리를 열었습니다. 비지가 반은 섞인 된장을 꺼내다 밥을 비벼 먹었습니다. 된장과 궁합이 잘 맞는 보리밥, 꿀맛입니다. 점심은 바랄 수도 없었으니 학교에서 친구들이 점심을 먹는 동안 저는 운동장 등나무 아래서 먼 하늘을 바라보며 다음 시간을 기다려야 했습니다.

학교를 졸업하고 유치원 보모(그때는 선생을 보모라 했습니다)로 취직해 유치원에 딸린 쪽방에서 지냈습니다. 한 달치 인건비로 받은 쌀을 도둑맞은 어느 날, 저를 딱하게 여긴 친구 언니의 도움으로 거처도 마련했습니다. 딸 하나를 기르는 부잣집에 가정교사로 들어갔습니다. 저를 위해 아래채에 방을 만들어 재워 주고 먹여 주었습니다. 급료는 없었지만 그 시절에는 대단한 처우였어요. 저는 그 아이의 보호자, 친구 역할을 했습니다. 혼자 외롭게 자라던 아이는 저를 언니 선생이라 부르며 좋아했습니다.

아이의 부모는 인생을 즐기고 화려하게 사는 부자였습니다. 주말 저녁이면 유한마담 같은 상류층 부인네들이 모여들었습니다. 밤늦도록 전축을 틀어 놓고 춤을 추며 파티를 했어요. 저는 아래채에서 아이를 지켜야 했고요. 주인 아저씨는 아내 몰래 저에게 돈을 주며 "병든 아버지를 위해 쓰라. 그리고 아들 하나만 낳아 달라." 했어요. 바리공주는 부모 위하는 길이라면 그리 하겠다고 했지만 저는 그리 하지 못했습니다. 훗날 아버지가 오랜 병석에 있다 자살로 생을 마감하셨다는 소식을 들었을 때에야 차가운 딸을 용서해 달라고 울다 실신했습니다.

어널 어허 널 어이 가리 넘차 너화여, 북망산천이 멀고멀다더니 건너 산이 북망이라, 어어 어허 어허허 어야 어이 가리 넘차 너화여.

길 위에 상여꾼들 노래를 하며 막 길을 떠나려 하는데 머물러라.

상여를 멈추어라. 바리공주 가져온 숨살이 꽃, 피살이 꽃, 노란 꽃으로 문지르고 약수를 입에다 흘려 넣으니 잠이냐 꿈이냐 아주 편하게 실컷 잤구나.

왕과 왕비가 성한 사람으로 일어나며 아아, 일곱 아들이 있다고 나를 살렸겠느냐. 곱게 기른 여섯 공주도 이 핑계 저 핑계 대고 가지 않았는데 버리데기, 버린 자식이 날 살렸구나. 눈물로 말합니다.

아부지 아부지, 불쌍한 우리 아부지,

국립중앙의료원에서 피부암 수술을 받고 치료 중일 때 찾아뵌 게 생전 마지막이 되었어요. 환자 같지 않은 밝은 얼굴로 반가워하시던 모습. 저에게 환자용 비누를 주시던 아버지. 뭐라도 주고 싶으셨던 그 마음…….

병원 가실 때 열두 살 어린 딸 해은이를 의지하고 봉산동에서 원주역까지 그 먼 거리를 걸어가시었다는 아버지. 돈 한 푼 없이 그 몸으로 서울에서는 또 어떻게 병원까지 가시었을까? 병원에서 퇴원하고는 집까지 또 혼자 불쑥 들어오셨다는 아버지. 오메, 오메~ 우리 아버지, 애지중지 기른 자식들은 다 어디에 있었나요? 먼지를 뒤집어쓰고 불결한 환경에서 일을 하시다 성기에 종양이 생겨 절단하고 오신 아버지, 그 몸을 가족에게 보이시며 '난 이렇게 수술 받았다.'

종이 한 장만 한 벽도 없이 가족을 한 몸으로 여기며 사랑하신 아버지여!

어찌어찌 그 아픔을 참으셨는지요. 돌아가실 때까지 한 번도 짜증 부리거나 화를 내시는 일이 없으셨다는 아버지. 소리 지르며 화풀이라도 해보시지…….

퇴원 후 다시 종기가 생기고 그 종기가 버섯 모양 꽃처럼 활짝 피었다 터지면서 피고름이 흘러나왔다면서요. 아물면 다시 생겨 터지고를 반복해서 피고름 닦느라 집안에 있는 물건은 모조리 내다 팔아 휴지를 사야 했다고 들었어요.

"처음엔 책을 팔았고, 언니 여학교 다닐 때 가정시간에 만든 책상보, 벽걸이, 덮개까지 뭐든지 팔았어. 나중엔 성경책을 가지고 나갔는데, 예수 믿는 사람이 성경책도 팔아먹느냐고 가게 주인이 그랬어."

뒤늦게 들은 동생의 그 말에 극한 상황에서 고생했을 가족들이 안쓰러워 가슴이 무너지는 듯 했습니다. 저는 할 말을 잃었습니다.

"그래도 언니가 우리 집 기둥이었어. 가끔 용돈 보내 주고, 그때 언니가 칫솔도 보내 줬잖아? 칫솔이라는 걸 그때 처음 썼어."

그 세월이 1년도 더 지나자 아버지는 결심하시었지요. 가족을 불러 앉히고 당신을 저 세상으로 보내 달라 부탁하셨대요. 그리고 수면제를 사오라 하셨대요. 날마다 두 알씩 모으던 아버지는 어느 날, 가족을 불러 모아 유언 같은 말씀을 하셨습니다.

"그래도 당신은 자식들이 착하니까 좋은 날을 볼 것이요. 아직 어린 상도가 걱정이지만 힘들어도 고향에 내려가지 말고 여기서 살아요."

아버지는 약을 해은이 손에 들려주고 몇 알씩 삼키셨답니다.

"언니, 그 약을 내가 손바닥 위에 올려놓고 있었어. 약을 다 드시고 그날 밤 조용히 주무셨는데 아침에 깨어나지 않으셨어."

아버지 떠나시고 34년 후 어머니마저 우리 곁을 떠나셨습니다. 원주 시내 가까이 있던 아버지 묘를 이장하여 새로 마련한 묘에 아버지와 어머니를 합장해 드렸지요. 그날, 제가 아버지의 뼛조각 앞에서 실신하고 말았습니다. 아버지 은혜를 입고 산 사람들이 많은 고향땅에 왜 돌아가지 말라 하시었나요?

"아가야, 울지 마라."

아버지의 따뜻한 목소리가 들립니다.

"네가 나의 무너진 자존심을 살려내 주었느니라."

아버지 살아 계신 동안 '우리 딸이 경무대에서 대통령을 만나고 와서 내 품에서 하룻밤 자고 갔다'고 만나는 사람들에게 그 이야기를 하고 또 하며 행복해하셨다고 어머니는 얘기해 주었습니다.

던지데기, 버리데기, 일곱째 바리공주는
이 세상 떠나 저승길 가는 혼령 길 잡아 주고
죄 많이 지어 저승길로 못 가는 혼령 씻겨서
좋은 길로 인도해 주는 무조신이 되었대요.

아부지!

고향 떠나시던 마지막 날, 어둠이 채 가시지 않은 새벽 송정리 역에서 아버지 만났을 때, 기차 안에서 아버지는 호탕하게 웃으며 사람들과 큰 소리로 이야기하고 있었지요. 저는 그 모습 불쌍하고 서럽기만 했어요, 그때는.

아버지 장례를 치르고 난 뒤 저는 광주로 내려가서 바로 짐을 꾸려 원주로 올라왔어요. 아버지 그늘에서 세상물정 모르고 사신 어머니와 어린 동생들을 돌보아야 했으니까요.

저는 하늘이 아는 아이였을까요? 엘리야를 그릿 시냇가에 숨기시고 까마귀를 보내 음식을 먹이신 여호와 하나님(열왕기 상 17장 2-7절)이 저를 돌보셨습니다. 낯선 곳에 와 어찌할 바를 모르던 저에게 고향 친구를 만나게 해주셨습니다. 대학을 다니다 군 입대한 친구가 1군사 미 고문단에 카투사로 왔어요. 그 친구가 저를 병영 안에 있는 교회 반주자로 소개해 주었습니다. 또 원주에서 군의관으로 군 생활을 하던 친구는 군에서 받은 쌀자루를 저희 집으로 짊어지고 왔어요. 고향 교회에서 함께 신앙 생활하던 친구들이어요, 아버지.

둘째 딸 해자가 십이지장궤양에 걸려 다 죽게 되었을 때도 그 친구들이 원주 기독병원 의사로 있던 미국인 선교사(이름을 기억 못해요)를 소개해 주었어요. 돈 한 푼 내지 못하고 일 년을 치료받고 살아났어요. 그분을 축복해 주시어요. 아버지.

우리는 냇가 지대가 낮은 곳에 한 칸짜리 월세방을 구했습니다.

사실은 이 집보다는 좀 더 큰 집, 방 두 개와 마루가 있는 집을 전세 얻어 주인과 함께 살았어요. 어느 날 주인이 집을 팔고 야반도주를 했어요. 우리는 전세금을 홀랑 잃고 변호사를 찾아다니며 변상받을 방법을 알아보았지만 방법이 없었습니다. 오히려 오빠는 면박을 당하기도 했습니다. 젊은 사람이 그까짓 돈을 가지고 안달한다고.

옛날이나 지금이나 갑질은 냉정합니다. 사람이 할 짓이 아닙니다.

이사한 방은 장마철이면 냇물이 넘쳐, 자다가도 살림살이를 챙겨들고 둑 너머 학교로 피난을 가야 했습니다. 그래도 가난한 이웃끼리 이집 저집 울안을 들여다보며 사이좋게 사는 따뜻한 마을이었어요. 시집살이에서 쫓겨 와 늙은 친정어머니와 살던 벙어리 아줌마는 날마다 생글거리며 놀러왔어요. 객지에서 고생하는 우리가 오히려 안쓰럽다던 예쁜 아줌마였습니다.

아부지,

저는 미 군목의 군종하사관으로 있던 무장승 같은 신랑 만나 일곱 아들 못지않은 두 딸과 일곱 딸보다 자상한 아들 낳아 잘 길렀습니다. 지금도 사람들 한풀이 이야기 들어주고, 이 아이 저 아이에게 그림책 읽어 주고, 이야기도 해주고 놀아 주며 잘 살고 있어요.

아부지!

제가 옛이야기를 다시 깊이 읽기 시작하면서 모든 회한과 욕심에서 벗어났습니다. 아버지께 이 모든 이야기를 들려드릴 수 있는 것도 더 이상 바라는 것 없고 마음이 새벽 미명 때처럼 고요하고 평화롭기 때문입니다. '고생이 네게 유익이라'(성경 시편 119편 71절) 하신 주님의 말씀대로 우리 여섯 형제 모두 고난의 날들을 잘 견디었습니다. 세상에서 많은 부와 명예는 갖지 않았어도 이웃 알고 착하게 살면서 행복하다 생각합니다. 이 또한 부모님 은덕이라고 우리는 모일 때마다 부모님 이야기하며 그리워하고 있어요.

전에는 광주에 내려갈 때마다 아버지 사업 번창하시던 시절 살던 집과 충장로에 있던 가게 자리 둘러보며 그 집을 사서 아버지께 돌려드리고 싶은 욕망으로 괴로웠습니다. 그것이 아버지를 위한 효도라고 생각했기 때문이었습니다.

네, 아버지 닮은 딸 저는 아버지처럼 열심히 배우고 부지런히 몸놀려 수고하며 살겠습니다.

목숨이 있는 것들 측은히 여기며 그것들과 함께 살겠습니다.

아버지 만날 날이 가까워진 나이라고 생각하니 하루하루 삶이 더 숙연해지는 요즘이어요. ■

• 참고로 읽은 책

한국구전설화 : 임석재 전집 1~12, 평민사, 2003

바리공주, 김승희 글, 최정인 그림, 비룡소, 2006

바리데기, 송언 글, 변해정 그림, 한림출판사, 2008

영혼의 수호신 바리공주, 백승남 글, 류준화 그림, 한겨레아이들, 2009

바리데기 : 야야 내 딸이야 내가 버린 내 딸이야, 신동흔 풀어씀, 조원희

　그림, 나라말, 2013

희망을 부르는 소녀 바리, 김선우 글, 양세은 그림, 단비, 2014

바리데기, 황석영, 창비, 2007

살아있는 우리 신화, 신동흔, 한겨레출판, 2014

우리가 정말 알아야 할 우리 옛이야기 백가지 1-2, 서정오, 현암사, 1997

서사무가 바리공주 전집 1-2, 김진영·홍태한, 민속원, 1997